Senta Trömel-Plötz

Mileva Einstein-Marić und andere geniale Frauen

Wortstücke

Senta Trömel-Plötz

Mileva Einstein-Marić und andere geniale Frauen

Wortstücke

Christel Göttert Verlag

1. Auflage 2019

Umschlaggestaltung: Christine Traiser, Darmstadt
Unter Verwendung eines Fotos von Mileva Einstein-Marić
Foto der Autorin auf der Rückseite: Vincent David Feldman
Satz: Kerstin Weber, Nauheim

Keplerring 13, 65428 Rüsselsheim am Main
www.christel-goettert-verlag.de

ISBN: 978-3-939623-73-1

Für meine allerliebste
Senta in Berlin

und

für meine allerliebste
Rosmarie in Zürich

Inhalt

Dank

Ich habe vielen zu danken:

Den Frauen, die nach meinen Lesungen immer wieder fragten:
Wann können wir das nachlesen? Wann kommt das Buch?

Den Frauen, die mich zu Lesungen meiner Wortstücke einluden, in Hamburg, in Oldenburg, in Ljubljana, in Weimar, in Zürich, in Frankfurt am Main, in Berlin, in den kleinsten Orten und vor dem größten Publikum. Einige Einladungen und Abende sind mir unvergesslich: die SGI-D buddhistische Gruppe in Hamburg, die SDS-StudentInnen in Regensburg, das Haus Kafka von Ulrike Kafka, die Frauen von Borken und immer wieder die Züricher Frauen, ob von den Frauenstudien an der Universität oder im Cabaret Voltaire, in Korinnas eleganter Wohnung, im Theater Stok, im Volkshaus, in der Roten Fabrik, in Boldern, im Frauen*Zentrum und nicht zuletzt die luxuriösen Dinner des Women's Forums im Belvoir Park Hotel.

Vorallem Inés Eckerle, Miriam Lay-Brander, Marion Woelki und Alexander Schmitz, die je auf ihre Art beitrugen, dass dieses Buch zustande kam: Inés, meiner geliebten Studentin, mit ihrem persönlichen Interesse an meiner Arbeit, das sie 2016 zu einem Vortrag von mir an der Universität Zürich kommen ließ, und ihrer darauffolgenden Organisation meiner Lesereise von 2017 an einigen Bodenseeuniversitäten; Miriam, die sofort ihre Idee eines Buches in konkrete Hilfe umsetzte – ohne dieses überzeugende Hilfsangebot und danach ihre intensive Arbeit und Unterstützung gäbe es dieses Buch nicht; Marion Woelki mit ihrer spontanen Unterstützung, die prompt die Verbindung mit Alexander Schmitz herstellte und auf einem Treffen bestand, obwohl ich vor meinem Rückflug in die USA keine Zeit mehr hatte; Alexander Schmitz, der trotz Zeitnot zu dem Treffen erschien und sofort mein Vertrauen gewann – ohne seine ruhige, beständige Motivation für mich und seine Lektorenarbeit wäre dieses Buch nicht entstanden.

Zu großem Dank verpflichtet bin ich

Desanka Trbuhović-Gjurić für ihre Biographie von Mileva Einstein-Marić,

Doris Stump für ihren exquisiten Artikel »Zugelassen und ausgegrenzt – Pionierinnen des Frauenstudiums an der Universität Zürich«,

Roswitha Mair für ihre Biographie von Sophie Taeuber-Arp,

Renate Berger und Britta Jürgs für ihre engagierten Bücher und immer Inge Stephan für das erste Buch: Das Schicksal der begabten Frauen im Schatten berühmter Männer.

Mein großer Dank gehört auch Gail Levin, der Hopper-Expertin, weil sie in ihrer Hopper-Biographie den Tagebüchern von Nivison, die nicht öffentlich zugänglich sind, so großen Raum gab, dass wir Nivison in ihrer Intelligenz, Menschlichkeit und Tragik kennenlernen konnten. Mein Text beruht auf Levins Forschung und mündlicher Kommunikation mit ihr.

Und nicht zuletzt danke ich Erin Sweeny, die mich zu Carmen Herrera führte, und meinem Carnegie-Mellon-Sohn Stefan, der, wie immer liebevoll und geduldig, meinem erratischen Computer zu Hilfe kam, wenn er mich wieder im Stich ließ.

Vorwort – in drei Teilen

Liebe Senta Trömel-Plötz,

... Ich denke noch immer an den Abend Ihrer Lesung zurück. Er hat mich tief berührt. Auf vielen Ebenen. Zum einen das verschenkte Leben von Mileva, verschenkt an die häuslichen Strukturen, die sich durch Mutterschaft und Ehe ausformen. Verschenkt an eine Welt, die keine anderen Strukturen für Frauen parat hatte. Glücklos verschenkt in den folgsamen Versuch, sich in Mutterschaft und Ehe zur erfüllten Frau zu machen.

Da ich selbst die soziale Organisation von Mutterschaft als Gewalt gegen Frauen erlebe/begreife, und eben nicht nur als strukturelle Rücksichtslosigkeit, ..., war ich auch persönlich berührt von Lesung und Text. Wobei Kinder ein überirdisches Geschenk sind ...

Zum anderen hat mich Ihr Text bewegt als neue Form des Wissen-Schaffens. So wie beispielsweise Patricia Williams Texte erschafft, die persönlich, lyrisch, wissenschaftlich sind, ist auch Ihr Text all dies und im Vorlesen noch viel mehr. Nicht nur Erzählung, auch Zeugnis, Bericht, Geschichte und eigene Geschichte. Die vielen Stränge/Klänge haben ein wunderschönes Muster geschaffen, das ich immer wieder betrachte/in mir höre und jeweils anders erfahre.

Wie Sie merken, bin ich von Ihrem Werk sehr beeindruckt und begeistert. Mir tut es daher leid, dass nicht mehr Frauen dies erfahren haben ...

Margit Epstein, 5. April 2005

Dr. rer. pol. Margit Epstein, Geschäftsführung Livingtalk GmbH, Berlin/Oldenburg, www.livingtalk.de

Gedanken an Senta

Es war ein Februarmorgen, voller Winterlicht und Schnee, als wir uns auf einem Münchner Friedhof das erste Mal begegneten. Ich, beschäftigt mit dem Bau eines Schneemanns auf dem Grab meiner Enkeltochter, Du, dich annähernd, beobachtend, neugierig, beharrlich wartend, ob ich vielleicht gesprächsbereit, auskunftsbereit sei ob meines rätselhaften Tuns, und wer denn da begraben läge. Du warst an diesem Morgen angekommen aus Deiner Wahlheimat USA und vom Flughafen unterwegs zuerst zum Grab Deiner Eltern. Der Hauptzweck Deines Ankommens war eine Lesereise durch Deutschland, mit Deinen »Wortstücken«.

Hier begann unser erstes Gespräch, über Leben und Tod, über gelebtes oder nicht gelebtes Leben, über verlorenes Leben, über Verlust, Enttäuschung, über Frauenleben, Künstlerinnenleben, über Paula Modersohn-Becker, über Rose Ausländer und ihre Poesie, über unserer beider Affinität zu Kunst und Literatur, über Deine vergleichenden Studien zu Künstlerpaaren. Du die Sprachkundige, ich die Malerin, Bildhauerin. Das sollte uns fürderhin verbinden.

Ich habe Dich kennengelernt und später auch immer wieder so erlebt: voller Neugierde auf Menschen, auf Worte, geschriebene oder gesprochene, auf Taten, auf Beweggründe, auf Abläufe; Unklarheiten lassen Dir keine Ruhe. Alle Kunst, Bilder, alles schöpferische Tun und die Menschen, die es bewirken, sind Dir wichtig, und immer lenkst Du das besondere Augenmerk auf die Situation der kunstschaffenden Frauen, Ehefrauen.

Das ist dann auch das wiederkehrende Thema in Deinen »Wortstücken«. Du erkennst, analysierst die tragischen, die dunklen Seiten in den Lebensabläufen dieser Frauen, das Vergessenwerden, das Erniedrigtwerden, das Zurückstehen, und Du bringst sie mit Deiner Sprache, mit Deinen Gedankengängen, mit Deinen Phantasien, zurück ins Licht, Du bringst sie zum Leuchten.

Ich habe im Lauf der Jahre einige Deiner Lesungen hören dürfen: Ich habe das Erstaunen, das Berührtsein der Zuhörenden und auch von mir selbst wahrnehmen können. Auch wenn das geschriebene Wort nicht die Atmosphäre Deiner Lesungen wiedergeben kann, so freue ich mich doch sehr, dass wir endlich Deine »Wortstücke« als Buch in den Händen halten und die Texte auf diese Weise mehr Menschen erreichen können.

Monika Petri, im Februar 2019

Dr. med. Monika Petri, Künstlerin, Irsee, www.monikapetri.de

Senta, liebe Lehrerin und Freundin!

In diesen Tagen hast du deinen 80. Geburtstag gefeiert, und meine liebevollen Gedanken haben dich über Land und Meer erreicht. Leider haben wir uns in den letzten Jahren nicht getroffen, uns nur selten geschrieben und doch ist mir immer bewusst, wie reich dein mutiges Denken und Schreiben und viel später das persönliche Kennenlernen mich beschenkt haben.

Ich denke dich in deinem schönen Haus, umgeben von der Schönheit, die du den Räumen gibst, die du bewohnst, und von deinen lieben Menschen, auch von Tinka, deiner eleganten Hündin.

Anfang der 1980er-Jahre warst du mit deinen ersten Artikeln und Büchern zur Frauensprache für mich eine verehrte Lehrerin, die mir die Augen geöffnet hat für die Gewalt der deutschen Sprache an uns Frauen, aber auch für das große Potential von nährenden Frauengesprächen: »Und ich lernte, dass alles an unserem Sprechen hängt, dass es die einzige Weise ist zur Nähe und zur Autonomie«, schreibst du im Vorwort zu *Frauengespräche: Sprache der Veränderung* 1982.

Du äußerst diese Worte selbstverständlich und klar – und doch sollte uns immer bewusst sein, welche Freiheit und Genialität in deinem Ansatz liegt, der die Sprache für immer verändert hat.

Woher hast du den Mut genommen und wie ist dir der Gedanke gekommen, für uns Frauen Räume in der deutschen Sprache zu schaffen, die es nie gegeben hatte, und Redezeit einzufordern, die uns nie zugestanden worden war? Der Preis für dich war hoch, du hast ihn in Kauf genommen.

Als Südtirolerin und italienische Staatsbürgerin hat mich dein Schreiben und Forschen in den 1980er-Jahren als Studentin der Germanistik und Klassischen Philologie an der Universität Innsbruck erreicht; ich kann mich gut erinnern, dass ich deine Aufsätze und Bücher nicht nur gelesen, sondern geradezu eingeatmet habe. Sie haben mein Denken, Schreiben und Handeln für immer geprägt, dafür danke ich dir.

Viel später bist du für Vorträge und Lesungen nach Bozen gekommen, und ich durfte dich als kraftvolle, faszinierende Frau und liebe Freundin kennenlernen; ein weiteres Geschenk, auch für meine Tochter Valentine: eine große Lehrerin, ein Vorbild.

In Bozen hast du vor Jahren schon aus deinem ersten Wortstück über Mileva Einstein-Marić gelesen, und alle anwesenden Frauen haben verstanden, wie schmerzlich diese Annäherung an nahezu vergessene Frauen – Wissenschaftlerinnen und Künstlerinnen – ist, wenn wir uns wie du forschend, lesend und hörend auf sie zubewegen. Es ist notwendig, dass wir uns diesem Schmerz stellen, du machst es uns vor.

In deinen Wortstücken in diesem Band weitest du den Blick, zeigst uns viele weitere Frauen wie Sophie Taeuber-Arp, Paula Modersohn-Becker, Clara Westhoff-Rilke und leistest Widerstand gegen den »Tod durch Vergessen«, streust kraftvolle Lyrik in den Text – Luisa Famos und Rose Ausländer zum Beispiel – und schreibst ein neues Genre, schwingend zwischen Biographie und Literatur. »An der Beachtung, an der wohlwollenden Wahrnehmung, an der Unterstützung, an Lob fehlte es allen diesen Frauen«, schreibst du und hebst damit das Tabu auf. Sie sind hier und sie bleiben im feinen Netzwerk Frauensprache, dem Ort der Verständigung.

Nach der Mathematikerin sind es die Malerinnen, auf die dein forschender und liebender Blick fällt. Du holst sie ins Licht, es ist tiefer Schmerz, doch es ist keine Klage. Du schenkst ihnen Räume in deiner Frauensprache und näherst dich zugleich auch dir selbst, vor allem in dem abschließenden Essay dieses Buches: »Das Leben leidenschaftlich lieben, ist die Erinnerung bewahren.«

Diesen Liebesdienst erbringst du für alle Frauen und gibst ihnen in diesem Buch Raum, den sie im Leben nie beanspruchen durften. Diesen Liebesdienst erbringst du auch für alle Wissenschaftlerinnen, Künstlerinnen und Schriftstellerinnen, die andere Frauen nach deinem Vorbild in die Erinnerung holen. »Das Leben leidenschaftlich lieben, ist leben«, schreibst du und schließt damit einen Zauberkreis weiblicher Genialität und Kraft. Ja, Sprechen und Schreiben ist ein Akt der Autonomie.

Karin Dalla Torre, im Februar 2019

Dr. phil. Karin Dalla Torre, Direktorin der Abteilung Denkmalpflege/
Autonome Provinz Bozen-Südtirol

Mileva Einstein-Marić: eine Annäherung

Mileva Einstein-Marić starb am 4. August 1948 in Zürich. Nach ihrem Tod trat ihre schlimmste Befürchtung ein: Ihr jüngster Sohn überlebte sie viele Jahre, allein, eingesperrt in die psychoanalytische Klinik Burghölzli, bis sein Tod ihn am 25. Oktober 1965 erlöste – 17 Jahre nach dem Tod seiner Mutter. Auf seiner Todesanzeige war Mileva Einstein-Marić, die ihn fast 40 Jahre versorgt und gepflegt hatte, schon vergessen. Es genügte: Eduard Einstein, Sohn des verstorbenen Prof. Albert Einstein.

Ich wünschte, ich könnte ein anderes Leben erzählen: dass Mileva Einstein-Marić strahlend und stolz den Nobelpreis in Physik mit ihrem Mann entgegennahm, wie Marie Curie (Physik 1903) und Gerty Cori (Medizin 1947), die beide ein wissenschaftliches Team mit ihren Männern waren und gemeinsam mit ihnen die größte Ehrung in Physik respektive Medizin erhielten, den Nobelpreis.

Ich wünschte, ich könnte ein anderes Leben erzählen. Es muss nicht der Nobelpreis sein, es würde schon genügen, dass sie als geliebte Frau und Gefährtin an der Seite ihres berühmten Mannes die Welt bereiste, dass sie zusammen mit ihm Menschen und Länder erlebte, Briefe und Bücher las, musizierte und Musik hörte, dass beide zusammen alt wurden im großen, weiß gestrichenen Haus in Princeton auf der Mercer Straße.

Ich wünschte, ich könnte ein anderes Leben erzählen: dass ihre beiden Kinder mit ihrem Vater aufwachsen konnten, dass sie nicht jahrelang kämpfen mussten mit dem abwesenden, sich entziehenden, ambivalenten, abstoßenden – sie abstoßenden – Vater, dass Eduard – Tete, wie sie ihn nannten – nicht in eine schwere Psychose hätte flüchten müssen.

Ein anderes Leben, nicht nur eines gezeichnet von Arbeit und Mühe und Krankheit und Armut und Selbstverleugnung und Aufopferung und Bitterkeit und am Ende Vereinsamung und Vergessenwerden, das Grab auf dem Zürcher Friedhof umgeschaufelt, 27 Jahre nach ihrem Tod.

Ich wünschte, ich könnte ein anderes Leben erzählen, aber ich will Deines erzählen, Miza. Verzeih mir, wenn ich Dir zu nahe trete, wenn ich Dir Worte in den Mund lege, weil ich Dein Leben nicht wirklich kennen kann. Aber Du bist mir nahe und ich erzähle mit Deinem Leben ein Stück vom Leben vieler Frauen, auch ein Stück von meinem. Ich erzähle unser Leben anhand von Deinem, Miza, ich erfinde, was ich nicht weiß, oder ich lasse andere Frauen sprechen, deren Worte vielleicht Deine Gedanken getroffen hätten.

Eine Annäherung also, mehr nicht. Keine Biographie, eher eine Phantasie, in der ich Dir näher und näher komme, mehr kann es nie sein. Mehr konnte es auch für Deine Freundinnen, Deine Mutter, Deine Schwester, Deine Schwiegertochter, Deine Enkelin nicht sein, mehr kann es nie sein als ein Eindruck, eine Geschichte, ein Bild.

Ich kann nur sehen, was ich weiß.

Wir sehen nur mit dem Herzen gut, das Wesentliche bleibt für die Augen unsichtbar.

Mileva Einstein-Marić, eine Annäherung.

»Wie drängt sich mir wieder jetzt so oft der Gedanke auf, dass ich noch bei Lebzeiten vergessen werde«, schrieb Clara Wieck-Schumann (1819-1896), eine Frau, die 50 Jahre als Konzertpianistin auf der Bühne stand und die Bewunderung einer großen Öffentlichkeit entgegennahm, aber, wie Inge Stephan meint, »mit zunehmendem Alter die Begrenztheit ihrer nur reproduzierenden Kunst sieht, auf die sie sich durch den Vater, durch den Ehemann und nicht zuletzt durch sich selbst und das herrschende Frauenbild der Zeit hatte festlegen lassen.«

»Wie drängt sich mir wieder jetzt so oft der Gedanke auf, dass ich noch bei Lebzeiten vergessen werde.« (Stephan, S. 54-55.)

Aber auch die zu ihren Lebzeiten bekanntesten, berühmtesten, erfolgreichsten Frauen, die produzierten und nicht nur reproduzierten, wie die Schriftstellerinnen Harriet Beecher Stowe (1811-1896), Bertha von Suttner (1843-1914), George Sand (1804-1876) und die Nobelpreisträgerinnen Bertha von Suttner (Friedensnobelpreis 1905), Maria Goeppert-Mayer (Nobelpreis für Physik 1963), Alva Myrdal (Friedensnobelpreis 1982), Rita Levi-Montalcini (Nobelpreis für Medizin 1986), sind 100 Jahre, 40 Jahre, 20 Jahre später schon vergessen.

Im Alter kommt Clara Wieck-Schumann, die ein Wunderkind war, zu der Einsicht, dass sie »den Schwerpunkt ihres Lebens nicht in sich selbst hat.« (Stephan, S. 54-55.)

Wir wissen nicht, ob Mileva Einstein-Marić zu einem ähnlichen Resümee ihres Lebens kam wie Clara Wieck-Schumann, dass sie nur für ihren Mann und ihre Söhne lebte, dass sie sich selber aufgab, sich selber verlor. Und wenn ja, schrieb sie diese Selbstaufgabe, diesen Selbstverlust der Institution Ehe zu, der gesellschaftlichen Festlegung von Frauen zu ihrer Zeit, sah sie die Schuld bei sich selbst oder gar bei dem Mann Einstein, der ihr Unterstützung, der ihr Anerkennung verweigerte? Hatte der Selbstverlust auch mit dem gemeinsamen Fachgebiet der theoretischen Physik zu tun?

Wir wissen nicht, ob Mileva Einstein-Marić zu dem Resümee kam, dass SIE ihr Talent vernachlässigt hatte, ihre Begabung brachliegen ließ, oder zu dem Resümee, dass ihr Leben von dem Moment an, wo sie sich an Einstein band, von IHM ausgebeutet und ausgezehrt wurde, bis kein Funken mehr in ihr war.

Würden wir, so fragte ich 1989, Mileva Marić heute als bedeutende Wissenschaftlerin kennen, wenn sie Albert Einstein nicht geheiratet hätte? Warum war diese Beziehung tödlich für sie? Warum hat diese Beziehung ihre vielversprechende Begabung, ihre Wünsche und Hoffnungen zerstört? Warum hat die Ehe dem Mann Weltruhm und der Frau Vergessenheit gebracht?

Ähnlich frage ich heute: Würden wir Jenny von Westphalen (1814-1881) heute als bedeutende Schriftstellerin oder Dichterin kennen, wenn sie nicht die Ehefrau von Karl Marx geworden wäre?

Haben diese Männer die Lebenskraft ihrer Ehefrauen aufgesaugt, sie ausgesaugt, leer gesaugt und sich dann andere Frauen gesucht – Einstein eine zweite Frau, Marx eine Haushälterin –, die für sie arbeiteten und für sie da waren. Und damit nicht genug – es mussten noch jüngere Frauen kommen, Töchtertrophäen, bei Einstein zwei Stieftöchter, die ihn umgaben und begleiteten, geliebte Töchter, Töchtergeliebte; bei Marx drei Töchter, die sich für ihn und sein Werk zu Tode arbeiteten. Zwei seiner drei Töchter begingen Selbstmord. Da Einsteins Stieftöchter sich nicht längerfristig als Sekretärinnen hergaben wie die Marxtöchter, kamen bei Einstein noch zwei Sekretärinnen dazu, geliebte Sekretärinnen, Sekretärinnengeliebte: Betty Neumann, 20 Jahre jünger als er, avancierte vom Status der Geliebten zu dem der Sekretärin, ging aber nach einem Jahr (in dem sie sich zweimal wöchentlich mit Einstein traf) nach Österreich zurück; und Helen Dukas, die 28 Jahre für ihn und sein Werk arbeitete und nach seinem Tod noch weiter für ihn arbeitete, vor allem für den Einsteinmythos. Beide Männer brachten es auf fünf, Einstein mit seiner Schwester Maja sogar auf sechs Frauen, die sie umgaben, bestätigten, ihnen zuarbeiteten, deren Energie und Arbeitskraft und Zeit sie ganz selbstverständlich nahmen und ausbeuteten. Bei Einstein kommen noch zahlreiche Mätressen, Geliebte, Flirts, Korrespondentinnen dazu, die ihn emotional und erotisch aufbauten, bis zu seinem Lebensende.

Setzt männliche intellektuelle Produktivität Frauenarbeit und Frauenopfer voraus?

Würden wir Josephine Nivison heute als bedeutende Malerin kennen, wenn sie nicht Edward Hopper geheiratet hätte?

Würden wir Clara Immerwahr heute als bedeutende Chemikerin kennen, wenn sie nicht Fritz Haber geheiratet hätte?

Würden wir Vivienne Eliot und Veza Canetti heute als bedeutende Schriftstellerinnen kennen, wenn sie nicht geheiratet hätten?

Edward Hopper, Fritz Haber, T.S. Eliot, Elias Canetti – die drei letzteren Nobelpreisträger.

Setzt männliches Genie Frauenausbeutung voraus, wie Inge Stephan in ihren Biographien begabter Frauen im Schatten berühmter Männer zeigt?

Sie zitiert Max Beckmann, der seine Verlobte, die Violinistin war, mit folgenden Worten ermahnte: »Ja also, Kind, ich will Dir nicht im Wege stehen. Wenn Du Karriere machen willst, mit der Geige, dann lasse ich Dich frei. Aber wir können dann nicht zusammen leben. Entweder Du wirst Geigerin oder Du bleibst bei mir. Beides geht nicht. Ich brauche Dich ganz oder gar nicht.« In ihren Memoiren schreibt Mathilde Beckmann dazu: »Ich habe dann nicht mehr öffentlich gespielt.«

Stephan zitiert Gustav Mahler, der Alma Schindler, eine Komponistin, vor der Ehe so aufklärte: »Du hast von nun an nur einen Beruf – mich glücklich zu machen! Verstehst du, was ich meine, Alma? Die Rolle des Komponisten fällt mir zu. Deine ist die der liebenden Gefährtin und verständnisvollen Partnerin.«
Alma Mahler-Werfel hörte auf zu komponieren.

Weder Marx noch Einstein sagten vor der Heirat Ähnliches zu ihren Frauen; das war nicht ihr Plan, als sie sich ganz jung in die jungen Frauen verliebten, die beide vier Jahre älter waren als sie. Das war nicht der Plan der Väter der beiden außergewöhnlich begabten Mädchen, als sie deren Begabung erkannten, förderten und pflegten, ihnen Privatunterricht gaben, sie auf immer bessere Schulen schickten. Am allerwenigsten war es der Lebensplan der beiden jungen Frauen selbst, ihre Energie, ihre intellektuelle Kraft, ihre Kreativität nicht zu nutzen; sie nahmen sich nicht vor, ihre Begabung zu verschwenden, zu vertun und sich mit der Karriere als Ehefrau zu begnügen. Und doch endeten beide in der EINEN Funktion, als Frau und Mutter, ohne uns Zeugnisse ihrer Begabung zu hinterlassen, ohne uns ein einziges Werk zu hinterlassen.

Jenny von Westphalen-Marx und Mileva Einstein-Marić.

Vom Leben im Licht auf den elterlichen Gütern, von der Lebensfreude und Wissensbegier als kleine Mädchen mit überragender Begabung, von einer privilegierten Kindheit führt ihr Leben direkt in die selbstverleugnende Liebe, in den Schatten, in die Dunkelheit und in die Vergessenheit. Darin besteht die Tragik ihres Lebens und des Lebens ungezählter Frauen vor und nach ihnen in unserer Geschichte.

Um bei Mileva Marić zu bleiben. Als sie und Albert Einstein im Januar 1903 heirateten, brauchte Albert sie nicht zu ermahnen. Sie wollte keine Violinistin werden, sie freute sich an Alberts Violinspiel und begleitete ihn auf dem Piano. Sie wollte auch nicht komponieren. Das Einzige, was sie wollte, war, mit ihrem Mann zusammenzuarbeiten, wie sie es seit Jahren getan hatten, als sie zusammen studierten. Und das war auch genau das, worauf Albert sich freute:

»Meinst, wie schön es sein wird, wenn wir wieder ganz ungestört zusammen schaffen können und uns niemand mehr was dreinreden darf«, schrieb er in einem Brief im Mai 1901, eineinhalb Jahre vor ihrer Heirat.

»Meinst, wie schön es sein wird, wenn wir wieder ganz ungestört zusammen schaffen können und uns niemand mehr was dreinreden darf.«

Mileva und Albert spielten auf dem gleichen Instrument und machten gemeinsame Kompositionen – ihr Instrument war die theoretische Physik und ihre Kompositionen waren Forschungsarbeiten auf diesem Gebiet.

Aber im Gegensatz zu Marie Curie und ihrem Mann, die gemeinsam vor aller Augen in ihr Labor gingen und dort gemeinsam ihre experimentelle Physik machten, konnten die Einsteins ihrer theoretischen Physik überall nachgehen – am Küchentisch, in der Badewanne, auf einem Spaziergang am Zürisee, auf einer Bergtour im Engadin.

Wir wissen heute nicht und werden nie wissen können, wer von beiden eine Idee, eine halbe Idee, einen Gedankensplitter, einen Keim eines Gedankens hatte, wer von beiden ihn aufnahm, anstatt ihn fallen zu lassen, ihn verbreiterte, ausarbeitete, korrigierte, umformulierte, wer eine Idee mit bestehendem Wissen in Beziehung setzte und darauf aufbaute, wer sie in einen theoretischen Rahmen brachte, wer sie verwarf und Wochen später wieder aus dem Gedächtnis holte, wer den Beweis lieferte – was in sich selbst ein ähnlicher Prozess in der Entwicklung von Ideen ist – und wer ihn schließlich aufschrieb. Wir wissen nicht, wer welche Rollen in diesem komplizierten Austausch spielte, der hin und her ging von Sprecherin zu unterstützendem Hörer, von kreativem Resonanzboden zu rezeptivem Sprecher. Eines aber dürfte klar sein, dass niemand sehr lange eine produktive Konversation mit einem nur stummen Resonanzboden führt.

Fußnote: Mileva Einstein-Marić wird noch heute in den neuesten Einsteinbiographien als »sounding board« (Resonanzboden) bezeichnet – das höchste Zugeständnis, das die männlichen Autoren machen, in ihren Augen wohl das höchste Lob für eine Frau. Michele Besso, ein Freund und weiterer Mitarbeiter von Einstein, wehrte sich gegen die Definition als bloßer »Resonanzboden«. Der Berner Physiker Mercier sagte im Hinblick auf Einsteins Austausch mit Besso, dass sogar bei den größten wissenschaftlichen Genies das Gespräch mit anderen unschätzbar wertvoll ist (Whitrow, S. 18).

»Die Abwesenheit von Beweismaterial ist kein Beweis für Abwesenheit.«
(*Carl Sagan*, Physiker)

Wir wissen nicht, wer wie viel beitrug. Das Einzige, was wir wissen, ist, wer ein Ergebnis unter welchem Namen veröffentlichte. Obwohl selbst hier noch einige Zweifel bestehen bleiben. Wir wissen zwar, dass die drei Artikel von 1905, die Einstein Weltruhm brachten, einer davon später den Nobelpreis, in den Annalen der Physik unter dem Namen Albert Einstein veröffentlicht sind. Ein kleiner Schatten liegt allerdings bis heute auf dem Namen, der auf den Originalmanuskripten der drei Artikel stand, die nach eigener Aussage von Einstein vernichtet wurden. Ein russischer Mathematiker namens Joffe erinnerte sich 1955, den Namen Einstein-Marity gesehen zu haben, und erklärte ihn mit dem Schweizer Brauch, dass Männer den Namen ihrer Frau ihrem Namen anfügen. Auf dem Eheprotokoll unterschrieb Albert mit Albert Einstein und Mileva mit Mileva Einstein, geb. Marity. Auf keiner anderen Veröffentlichung führte Einstein je den Namen Einstein-Marity. Sei dem, wie es sei. Sicher ist, dass Albert weder vor noch nach ihrer Heirat eine unvernünftige Forderung an Mileva stellte, ihre Leidenschaft für Mathematik und Physik aufzugeben. Sie waren ganz einfach EINStein. Dieses Bild, das Gleichheit und Zusammengehörigkeit vortäuscht, wir sind EIN Stein – und das Mileva unschuldigen Herzens übernahm –, verschleiert, dass Albert EINStein bleibt und dass Mileva etwas aufgibt, indem sie EINStein mit ihm wird. Sie wird vereinnahmt in Einstein und lässt sich vereinnahmen – aus Liebe.

Dazwischen aber kam die Liebe.

Sechzig Jahre später sagt Hans Albert über seine Mutter Mileva in einem Interview: »Sie war stolz auf ihn ... Es ist sehr schwer zu verstehen, weil sie ursprünglich mit ihm studierte und selbst Wissenschaftlerin war, aber irgendwie gab sie mit ihrer Heirat alle Ambitionen in diese Richtung auf.« (Whitrow, S. 19)

Albert hatte Mileva schon lange vor ihrer Heirat im Jahre 1903 gewonnen:

September 1900 (das war kurz nach ihrer Diplomprüfung) schrieb Albert Einstein an Mileva Marić: »Ich freue mich sehr auf unsere neuen Arbeiten. Du musst jetzt deine Untersuchung fortsetzen – wie stolz werde ich sein, wenn ich gar vielleicht ein kleines Dokterlin zum Schatz hab und selbst noch ein ganz gewöhnlicher Mensch bin.«

September 1900: »Zur Untersuchung des Thomson-Effekts habe ich wieder zu einer anderen Methode meine Zuflucht genommen, die eine gewisse Ähnlichkeit mit der deinen ... hat und welche eine solche Untersuchung auch voraussetzt. Wenn wir nur gleich morgen anfangen könnten.«

3. Oktober 1900: »Wie glücklich bin ich, dass ich in dir eine ebenbürtige Kreatur gefunden habe, die gleich kräftig und selbständig ist, wie ich selbst.«

März 1901: »Wie glücklich und stolz werde ich sein, wenn wir beide zusammen unsere Arbeit über die Relativbewegung siegreich zu Ende geführt haben! Wenn ich so andere Leute sehe, dann kommt mir's so recht, was an dir ist!«

Mai 1901: »Wenn wir nur bald das Glück hätten, zusammen auf dieser schönen Bahn weiter zu streben.«

Mai 1901: »Sei nur guten Mutes, Liebe, und mach dir keine Grillen. Ich verlasse dich ja nicht und werde schon alles zum Ende bringen. Man muss halt eben nur Geduld haben! Wirst schon sehen, dass man nicht schlecht ruht in meinen Armen, wenn´s auch ein bisserl dumm anfängt. Wie geht´s dir denn, Liebe? Was macht der Junge? Meinst, wie schön es sein wird, wenn wir wieder ganz ungestört zusammen schaffen können und uns niemand mehr was dreinreden darf! Da wirst du schon die jetzigen Sorgen glänzend ersetzt kriegen durch viele Lust und ruhig werden die Tage dahingehen, ungerufen und ungejagt.«

Dazwischen aber kam die Liebe.

Albert Einstein
Mileva Marić

beehren sich, Ihnen ihre am 6. Januar 1903 stattfindende Vermählung anzuzeigen.

Bern, Tillierstr. 18

Hochzeitsphantasie

Better by far that you should forget and smile
than that you should remember and be sad.

Christina Rossetti

Besser ist es zu vergessen und zu lächeln,
als sich zu erinnern und traurig zu sein.

Den 6. Januar 1903, ihren Hochzeitstag, erlebten Mileva und Albert in perfektem Glück. Hinter ihnen lagen die skeptischen Einwände ihrer Eltern, hinter ihnen lag die dunkelste Zeit ihres Lebens – eine unerwünschte Schwangerschaft und die illegitime, heimliche Geburt ihrer Tochter. Sie waren ihrem Herzen gefolgt und hatten ihre eigene Entscheidung getroffen. Sie schwelgten in Übereinstimmung, in Einverständnis miteinander. Sie waren ein Herz und eine Seele. Sie waren nur einander verpflichtet, keiner Mutter, keiner Tradition, keiner arbiträren Regel, keiner gesellschaftlichen Gepflogenheit, das alles war sekundär, zusammen als Paar waren sie stark. Und so feierten sie ihre Hochzeit im Schnee wie wilde, lärmende, stürmische Kinder. Kein bisschen Schweizer Steifheit, kein Hochzeitskleid, kein Hochzeitsmarsch, kein bisschen slawisches Fröhlichkeitsritual aus Tanz und Musik, kein bisschen deutsche Sentimentalität mit Uniformen und Tränen. Kein »philiströses« Drama, in dem die Hochzeit der Höhepunkt eines verarmten Lebens ist mit einem gemieteten Fotografen, der sich auf Hochzeiten und Begräbnisse spezialisiert. Nichts dergleichen. Sie wussten mit oder ohne Gelübde vor einer großen Zuschauermenge, dass sie immer zusammenbleiben würden, dass sie zusammen alt werden würden, dass sie zusammen sterben würden, denn keiner von beiden könnte den Tod der anderen, des anderen ertragen und die Einsamkeit danach. Beide kannten die Einsamkeit, eine tiefe Einsamkeit der Kinderzeit und der späteren Jahre. Jetzt, da sie sich gefunden hatten, würden sie diese Einsamkeit nie mehr erleben müssen.

Ich liebe dich, sagte Mileva und in ihrer absoluten Art meinte sie damit, ich werde nie jemand anderen lieben. Diese Liebe in ihrem slawischen Herzen würde die einzige sein, die sie zulassen würde.

Ich liebe dich, sagte Albert und in seiner relativen Art meinte er: Ich werde dich immer lieben, aber seine deutsche Logik schloss andere Lieben neben dieser nicht aus.

»Ich werde dir auf meine Art stets treu bleiben«, schrieb er Mileva viele Jahre später, als er sie um die Scheidung bat.

Aber an ihrem Hochzeitstag hörten sie ihre gegenseitigen Liebeserklärungen, ohne einen Interpretationsunterschied zu vermuten.
Sie waren glücklich – das war alles.

Der Ratschlag seiner Mutter: »Sie ist ein Buch wie du – was du brauchst, ist eine Frau« kam Albert genauso wenig in den Sinn wie Mileva die Sorge ihres Vaters, dass Albert arm wie eine Kirchenmaus sei.

Es ist Zeit, zum Schlitteln zu gehen. Was für ein strahlender Wintertag – das unglaubliche Weiß, die klare, kalte, klirrende Luft, der knirschende Schnee. Und was für ein ungewöhnlicher Hochzeitstag, ungewöhnlich, wenn nicht einzigartig, oder kannte sie eine, die auf diese Weise geheiratet hatte? Nein, nein, nicht einmal bei genauerer Überlegung.

Ganz allein waren sie außer ihren zwei Freunden, Conrad (Habicht) und Maurice (Solovine), ihren Zeugen bei der zivilen Trauung. Danach gingen sie zu viert in ihre Lieblingsbeiz, ein kleines, gemütliches Restaurant in der Altstadt, und suchten den besten Fendant auf der Weinkarte aus, der zur Räucherforelle vom Bodensee passte. Der Wein kam. »Zum Wohl«, sagte der alte Kellner und schaute die vier jungen Leute mit gütigen Augen an. »So sympathisch«, murmelte er vor sich hin, »so liebenswert«. Sie hoben ihre Gläser und gratulierten und nahmen die Gratulationen entgegen. Dieses Paar verströmt etwas – wie sollte man diese Ausstrahlung beschreiben? Sie waren gelassen sexy, sie waren ganz aufeinander abgestimmt und eingestellt und sie waren unverwundbar. Sie beteten einander an. Mileva war schön für Albert – er sah ihr Gesicht wie niemand außer ihm es sehen konnte. Es war nicht eines dieser ganz gewöhnlichen hübschen Gesichter, die als schön galten, für Albert aber leer und ohne Ausdruck waren. In einem solchen Gesicht konnte mit einem Blick alles gesehen werden; eine gewöhnliche Schönheit, das schwebte seiner Mutter vor, die nur die Oberfläche sehen konnte. Sie würde nie die Schichten slawischer Geheimnisse in einem Gesicht wie dem von Mileva sehen können. Schichten, die eine nach der anderen aufgedeckt und entdeckt werden mussten. Seine Mutter würde den Rest ihres Lebens an der Oberfläche plätschern – hadernd. Albert konnte Milevas Schönheit berühren. Er fühlte ihr Gesicht mit seinen Händen, fühlte seine Formen, zog sie nach, wie bei einer Skulptur. Er konnte seine Augen schließen und ihre Schönheit berühren – ihren Mund, der alte Sagen hielt, ihr Lächeln, das Kinderreime behütete, ihre Augen, die die Märchen vieler Jahrhunderte verbargen. Sie war schön, schöner als irgendeine, die er je gesehen hatte. Und diese Schönheit war für ihn – für immer.

Eine Platte kam mit der ganzen Forelle, mit Kartoffeln und Meerrettich serviert, wie es sich gehört. Was könnte ein Herz mehr begehren?

Dann verabschiedeten sie sich von ihren Freunden und stürzten sich in den Schnee – Schnee, bei dem du alles vergisst. Was für einen Tag sie sich ausgesucht hatten, was für ein strahlender Tag ihnen in den Schoß gefallen war, sie mussten Glückskinder sein, ein gutes Omen der knisternde Schnee, die Sonne, die Kinder um sie herum auf ihren Schlitten, laut, Freudenschreie, ungeteiltes Vergnügen, ungeteilte Lust und sogar der Himmel im seltenen Blau ganz besonders für sie. Sie blieben auf dem Hügel, schlittelten bis zum letzten Sonnenstrahl, mit kalten Gesichtern und warmen Körpern, zogen den Schlitten wieder und wieder hinauf und fuhren hinunter wie der Teufel, Mileva vor Albert sitzend, der den Schlitten an allen Hindernissen vorbeilenkte. Sie kamen ganz befriedigt in ihre Wohnung in der Tillierstraße 18, standen zusammen am Fenster und schauten auf die Abendlandschaft hinaus, die milden Hänge vor ihnen, die Aare, die unten vorbeifloss. Sie machten sich heißen Tee und ließen sich auf der Couch nieder zu einem zarten Gespräch:

Erinnerst du dich, als wir das erste Mal miteinander redeten, nach der Weber-Vorlesung?

Ich erinnere mich, als ich dich das erste Mal in der Vorlesung sah – du hattest das graue verknitterte Wolljackett an, das ich viel später so gern an dir hatte.

Aber ich hatte dich schon lange davor in unserer ersten gemeinsamen Vorlesung gesehen und jedes Mal setzte ich mich ein bisschen näher an dich heran, damit du es nicht merken würdest, bis ich fast neben dir saß – ein leerer Platz war noch zwischen uns.

Ja, ich weiß es noch, wie du keinen Bleistift hattest und in allen Taschen suchtest und suchtest und ich dir ohne ein Wort einen Bleistift reichte und du mich anlächeltest ohne ein Wort.

Beim nächsten Mal hatte ich dann kein Heft und ich machte dir mit deinem Bleistift Zeichen: Sollte ich auf die Bank schreiben? Jetzt lächeltest du dein erstes Lächeln, etwas ungläubig, und gabst mir Papier. Was Sie wohl von mir denken müssen, sagte ich zu dir, nach der Veranstaltung. So schlecht ausgestattet in dieser heiligen Einrichtung.

Wenn der Herr Prof. Weber das erfährt, wird er Sie verweisen, wegen Mangel an Respekt.

Sie sagen es ihm aber nicht, gell.

Ich glaube nicht.

Nun, dann bis morgen. Ich bringe Ihren Bleistift und Ihr Papier mit.

Auf Wiedersehen.

Auf Wiedersehen.

Diese Unterhaltung hatte sich vor mehr als sechs Jahren zugetragen, aber beide erinnerten sich noch an jedes Wort und sogar noch an ihren jeweiligen Gesichtsausdruck: Milevas skeptischen Blick, eine Falte, die sich auf ihrer Stirn bildete und sagte: Kann das wahr sein? Dieser Typ kann kein Stück Papier finden, von einem ordentlichen Heft ganz abgesehen. Alberts Lächeln, voller Sicherheit, das besagte: Ich wusste es doch, dass sich jemand mit einem Extrableistift für mich finden würde. Sie erinnerten sich an die Gefühle, die sie beide nach dem Abschied hatten: ihre helle Freude auf die nächste Vorlesung.

Und so fing es an, langsam, vorsichtig, zart, ehe sie es gewahr wurde, bewegte sich eine seltsame Figur immer näher an sie heran, eine Reihe nach der anderen, im strengen, nüchternen Hörsaal, ein Sitz nach dem anderen, in Hörweite und direkt in ihr Herz.

Mileva verliebt – eine Zärtlichkeit in ihrem Körper, eine erste Zartheit, eine erste Liebe. Ihre einzige Liebe.

Besser ist es zu vergessen und zu lächeln,
als sich zu erinnern und traurig zu sein.

Ende der Hochzeitsphantasie

Im Jahre 1896 kam Mileva Marić an das Polytechnikum in Zürich, die heutige Eidgenössische Technische Hochschule, kurz ETH. Sie war die sechste Frau, die an der Abteilung VI A Mathematik und Physik studierte und die einzige in ihrem Jahr. Ihr Weg, der sie an die ETH brachte, war von erstaunlichen Leistungen und Erfolgen gezeichnet. Am 19. Dez. 1875 in Titel im damaligen Österreich-Ungarn, heutigen Serbien, in eine wohlhabende Familie geboren, fiel ihre Intelligenz ihrem Vater bald auf: Er schickte sie auf immer exklusivere Schulen, bis sie am Ende als Privatschülerin und einziges Mädchen an das Obergymnasium in Zagreb zugelassen wurde. Nach einem Jahr durfte sie am Physikunterricht der Eliteschule teilnehmen. Ihre Noten waren exzellent; in Mathematik und Physik erhielt sie von ihren Lehrern das Prädikat »brillant«. Mit 18 Jahren beschloss sie, in das Land zu gehen, wo Frauen zum Studium zugelassen waren, in die Schweiz. Nachdem sie in Zürich die Reifeprüfung abgelegt und ein Semester Medizin studiert hatte, begann sie ihr Studium an der ETH. Um zugelassen zu werden, musste sie eine zusätzliche Prüfung in Mathematik bestehen.

Aufgrund ihrer ungewöhnlichen Begabung und aufgrund der Entschiedenheit, mit der sie ihre akademische Ausbildung verfolgte, war sie von Anfang an allein. Auch ihre Familie konnte ihr nicht das intellektuelle Klima und die intellektuelle Anregung geben, wie sie z. B. Marie Curie oder Sonja Kovalevskaja bekamen. Sie stieß, so ihre Biographin Desanka Trbuhović-Gjurić, eher auf Erstaunen und Widerstand bei den Menschen in ihrer Umgebung. Die Erfahrung der Einsamkeit, des Alleinseins während ihrer Kindheit und Jugend, im Elternhaus und in den diversen Schulen verstärkte sich sicher mit ihrem Wegzug ins Ausland, in die wenig ausländerfreundliche Schweiz, und mit dem Studium an der wenig frauenfreundlichen ETH.

Die ETH ist noch heute eine männlich geprägte Elite-Institution, die den wenigen Studentinnen keine intellektuelle Akzeptanz verspricht. Es gibt nur eine geringe Zahl von Studentinnen in Mathematik und Physik und kaum je eine Assistentin, von Professorinnen ganz zu schweigen. Wie muss die Atmosphäre 1896 gewesen sein, als Mileva Marić hier ihr Studium anfing? Die allgemeine Einstellung war damals, wie sie es vielleicht heute noch ist, dass Frauen nicht an die ETH gehören. Die männlichen Professoren hatten deshalb keine positiven Erwartungen an Studentinnen, und sie wurden nicht so betreut und gefördert wie die männlichen Studenten, die mit dem Eintritt in die Institution bis heute die Mitgliedschaft erwerben und von ihren Privilegien profitieren.

1899 schrieb die Schriftstellerin Ilse Frapan über Zürcher Studentinnen, sie hätten »diesen Ton der immer Unruhigen, immer Gehetzten, Nimmerfertigen, Zweifelnden und Verzweifelnden.« Ganz anders beurteilte sie die Studenten: »die Glücklichen, die sich bei aller Arbeit ihrer Jugend freuen dürfen, sie haben keine Eile, sie haben keine Anspannung aller Kräfte, von Tag zu Tage, sie gehen behaglich im Schritt. Ihre Promotion, ihre Ämter und zukünftigen Würden – all das ist ihnen sicher wie der Tod, denn reif sein ist alles.« (Frapan, S. 9).

Marie Heim-Vögtlin (1845-1916), die erste Schweizer Medizinerin, bemerkte »das schauderhafte Missverhältnis zwischen dem Leben der Männer und Frauen unserer Klassen. Es fährt mir manchmal bis in die Fingerspitzen, wenn ich sehe, wie die Männer durch nichts aus der Fassung und aus dem Genuss ihrer geliebten Bequemlichkeit zu bringen sind, wie das ganze Leben der Frauen eigentlich nur dazu da sein muss, um ihnen diese Bequemlichkeit möglich zu machen.« (Siebel, S. 40)

Und Meta von Salis, erste promovierte Schweizer Historikerin, schrieb 1884: »Schwerer zu ertragen und bitterer ist der lächelnde Skeptizismus einiger Professoren, die ironisch immer die Frage wiederholen, ob man bei seinem Fach bleiben will.« (von Salis)

Der lächelnde Skeptizismus
Die ironische Frage
Der lächelnde Skeptizismus

Wir beginnen erst seit sehr kurzer Zeit zu verstehen, dass Faktoren wie Erwartungen in den Köpfen der Lehrenden an ihre Studentinnen, Männernetzwerke, die Studentinnen von Förderung und Empfehlung ausschließen, und psychisch belastende Studien- und Prüfungsbedingungen enorme Behinderungen für Frauen schaffen, die sich in ihren Leistungen niederschlagen können. Diese neuen Erkenntnisse sind wichtig, um die Studienerfahrungen von Mileva Einstein-Marić einschätzen zu können. Zu ihrer Zeit, vor über hundert Jahren, waren Studium und besonders akademische Laufbahn Männerdomänen; Frauen traf offene Feindseligkeit und Ablehnung, wenn sie sich Zugang zu diesem Bereich verschaffen wollten.

Der lächelnde Skeptizismus
Die ironische Frage
Der lächelnde Skeptizismus

Mileva Marić begann also ihr Studium an der ETH. Im selben Jahr mit ihr, in derselben Abteilung, studierte Albert Einstein. Sie besuchten die gleichen Veranstaltungen, sie arbeiteten und lasen zusammen, befreundeten sich und verliebten sich schließlich. Sie schrieben beide ihre Diplomarbeit bei Professor Weber, bei dem sie beide im physikalischen Labor im letzten Studienjahr die gleichen Noten hatten; ihre Themen waren aus demselben Gebiet: Wärmeleitung. Mileva Marić war von ihrem Thema fasziniert, arbeitete hart, berichtete in einem Brief an eine Freundin, Professor Weber sehe mit Freuden ihren zukünftigen Forschungen entgegen. Albert Einstein sagte später, das Thema sei völlig uninteressant für ihn gewesen.

Die Abschlussprüfung für das Diplom war 1900. Albert Einstein wurde mit einem Notendurchschnitt von 4,91 durchgelassen (6 ist die beste Note in der Schweiz, 1 die schlechteste; 4,91 lag knapp unter einer Zwei). Die drei anderen männlichen Prüflinge hatten alle ein Mittel über 5. Mileva Marić war die einzige Frau, die geprüft wurde; sie fiel mit dem Notendurchschnitt 4,00, das entspricht unserer Note 3, durch. Auch bei der Wiederholung ein Jahr später bestand sie die Prüfung nicht. Freundinnen sagten zur Zeit der Vorbereitung auf die erste Prüfung und während der Niederschrift ihrer Diplomarbeit, dass Mileva zu sehr von Albert ausgenutzt wurde. Als sie die Prüfung wiederholte, war Mileva schon schwanger und wurde von den Eltern Albert Einsteins, die sich gegen eine Verheiratung stellten, abgelehnt.

Zwei ETH-Phantasien

Erste Phantasie
Wintersemester 1896

Mileva Marić trat aus dem düsteren ETH-Gebäude in das Herbstlicht, ging über die Rämistraße und dann die Gloriastraße hoch, wo sich die Blätter gerade orange färbten, in die schöne Wohngegend mit den großen behäbigen Häusern. Könnte sie ihrer liebsten Freundin Ružića eingestehen, fragte sie sich, dass sie trotz ihrer Freundschaft immer einsam war und dass es jetzt zum ersten Mal jemand in ihrem Leben gab, der ihr die schmerzliche Sehnsucht vertreiben konnte, die sie so lang gespürt hatte. Es war viel mehr, als dass sie mit ihm Gedanken und Gefühle austauschen konnte; dieser Mann nahm ihre Gedanken und Gefühle ein, befreite ihr Herz vom Einsamsein und Sehnen, füllte es mit ganz neuen Regungen und Aufregungen, mit einer Spannung, einer Wachheit, mit einer Sensibilität, mit der sie Ereignisse erahnen konnte, ehe sie eintraten. Und mit einem wilden Glück, das ihr neu war, ein Glück, von dem sie bisher nicht gewusst hatte. Ein solches Geschenk hatte sie nicht erwartet in dieser xenophobischen Stadt, wo die schönen Häuser den Ausländerinnen verschlossen waren, wo Studentinnen von der Schweizer Gesellschaft ausgeschlossen waren und mit Argwohn beäugt wurden.

Was hatten die Zürcher Bürger den ersten Studentinnen an der Universität angetan, überlegte sie. Sie hatten sie fast gesteinigt und das war noch nicht so lange her. 1873 stimmte die männliche Bevölkerung Zürichs darüber ab, ob Frauen als Studentinnen an die Universität zugelassen werden sollten; das war, nachdem männliche Studenten protestiert und ein Verbot der Zulassung verlangt hatten. Vor allem in Medizin waren ihnen der Frauen zu viele. Die Abstimmung verlief positiv für die Frauen, weil es der Hochschule nützte – es ging hauptsächlich um Ausländerinnen, Russinnen, und ihre Studiengebühren in Medizin waren horrend. Sie gingen auch wieder in ihre Heimatländer zurück, mit oder ohne Diplom, und waren keine Konkurrenz für die Männer. Schlimmer war es schon später mit den Schweizerinnen, die so generös zugelassen wurden. Was brachte ihnen das Studium, sollten sie tatsächlich abschließen?

Fußnote: Die Abbruchsquote von Studentinnen an Schweizer Universitäten und Hochschulen lag bis 1900 bei 90%!
Heute ist die Abbruchsquote 38% bei den Frauen und 25% bei den Männern.

Was brachte ihnen das Studium?

Nachdem sie ihr Studium in Medizin, Jura oder Philosophie erfolgreich mit einem Doktor abgeschlossen hatten, konnten sie nicht arbeiten. Das war eine feine politische Strategie der Stadtväter von Zürich. Wenn mann die Frauen schon nicht vom Studium abhalten konnte, würde sie vielleicht die mangelnde Arbeitsmöglichkeit nach dem Studium abschrecken. Zumindest würde sie sie neutralisieren. Die Medizinerinnen konnten eine Privatpraxis aufmachen, vorausgesetzt, sie würden keine Männer behandeln. »Assistenzärzte« im Krankenhaus zu werden, davor bewahrte sie das Gesetz. Schlimmer war es für Frauen, die Geisteswissenschaften gewählt hatten. Sie mussten erfahren, dass sie selbst mit Doktor nicht in öffentlichen Schulen unterrichten durften. Entsetzlich für Ricarda Huch, meine wunderbare Geschichtslehrerin mit Doktortitel an der höheren Töchterschule, die nur als »Hilfslehrer« unterrichten durfte. Niederschmetternd für Emilie Kempin-Spyri (1853-1901), die erste Juristin der Welt, die 1887 magna cum laude promoviert hatte – sie konnte weder eine Praxis eröffnen noch, nachdem sie sich 1891 habilitiert hatte, Jura lehren. Sie war gezwungen, ins Ausland zu gehen, nach Amerika. Wo sie wohl heute sein mag?

Fußnote: 1896 ging Kempin-Spyri ohne ihre Familie nach Berlin, weil sie als Privatdozentin in Zürich von den Hörgeldern nicht leben konnte, ihr Mann verließ sie, 1899 Nervenzusammenbruch, 1901 starb sie in der Irrenanstalt Friedmatt bei Basel.

Gott sei Dank bin ich in Mathematik, die Anforderungen sind klarer in Mathematik und die Bewertungen auch, und Gott sei Dank, dass ich nicht die erste Frau am Poly bin. Fünf Studentinnen waren vor mir in meiner Abteilung, obwohl sich die Professoren scheinbar nicht an sie erinnern. Sie wissen nicht einmal, wie viele Frauen es waren. Ich habe es auch nur in Erfahrung gebracht, weil mir gleich zu Semesteranfang etwas Interessantes passierte. Jeder Professor reagierte anders auf mich. Einer hat mich immer noch nicht gesehen – er beginnt jedes Mal die Vorlesung mit »meine Herren«. In einer anderen Vorlesung nahm mich der Professor in der zweiten Woche zur Kenntnis und begann mit »Gnädiges Fräulein, meine Herren« und alle schauten mich amüsiert an, einschließlich des Herrn Professors. Dann, eines Tages, passierte etwas Seltsames: Ein Professor kam herein, stand an seinem Pult und schaute uns alle einzeln an. Als sein Blick auf mich fiel, hielt er ein und begann zu sprechen: »Aha, eine Invasion. Aus welchem Land kommen Sie zu uns? Ungarn, aha. Wissen Sie, dass wir noch nie eine Frau in unserer Abteilung 6A hatten?« Jetzt musste ich antworten: »Wenn Sie erlauben, Herr Professor, Elisabeth Marie Stephansen war bis zum letzten Semester hier.« »Was Sie nicht sagen, das ist mir neu! Was ist aus ihr geworden? Wahrscheinlich hat sie geheiratet, deswegen ist sie ja sowieso hierhergekommen, erreichte ihr Ziel und verließ uns.«

Ich wollte protestierend aufstehen und den Raum verlassen, aber ich konnte kein Glied bewegen – ich saß unter Schock da. Meine Kommilitonen saßen mit gesenkten Köpfen da und starrten auf ihre Bänke.

Stimmt das überhaupt, dass ich erst die zweite Studentin in dieser Abteilung bin? Stimmt es, dass Stephansen ohne Abschluss gegangen war, wie der Professor implizierte? Wieso das? Was für eine Bedeutung hat das für mich an dieser Institution? Ich muss es herausfinden. Vielleicht heiratete Stephansen wirklich und ging ohne Diplom ab – alle Studentinnen hören auf zu studieren, sobald sie heiraten – schade, schade, um all die intellektuelle Kraft. Vielleicht war sie auch ganz allein wie ich, niemand unterstützte sie gegen all die professoralen Hostilitäten. So wie mich heute niemand verteidigte, obwohl es meinen Kommilitonen sehr unangenehm war – allerdings nicht so unangenehm, dass sie den Mund aufgemacht hätten.

An diesem Tag war ich nach der Vorlesung schnurstracks zum Archiv der Hauptbibliothek gelaufen und hatte alle Jahresberichte seit 1870 durchgesehen:
Mary Elizabeth Stephansen aus Norwegen hatte 1896 mit dem Diplom abgeschlossen. Vor Mary Elizabeth Stephansen waren vier Studentinnen in der mathematisch-physikalischen Abteilung, immer nur eine in einem Jahr, fiel mir auf, sodass jede schön isoliert war. Keine von ihnen hielt es anscheinend länger als zwei Jahre aus. Keine ging mit einem Diplom ab. Ich bin jetzt sicher die einzige am ganzen Poly, dachte ich damals, die ihre Namen kennt und weiß, aus welchen Ländern sie kamen: fünf verschiedene Länder. Das bedeutete: Sie waren die begabtesten Frauen dieser Länder, von privilegierter Herkunft, von Privatlehrern oder an Privatschulen erzogen – ihre Begabung und ihr Genie konnte sichtbar werden. Aber all die anderen Frauen, deren Talente nicht einmal entdeckt wurden? Ich hatte Glück, mein Vater sah meine Begabung und

hatte genug Wissen und genug Geld, um meine Erziehung zu fördern – ich hatte schieres Glück mit meinen Eltern. Aber was geschah mit den Frauen, die vor mir in meiner Abteilung waren? Ihr Privileg, ihr Status, ihre Herkunft genügten nicht – sie verließen die kalte Stadt, um in wärmere Länder zurückzukehren: Norwegen, Dänemark, Illinois, Deutschland, Ungarn, in die Wärme ihrer Familien und ihrer Freunde. Sie wurden zurückgetrieben, vertrieben aus dem Polytechnikum, von seiner eisigen Atmosphäre. Die Spatzen sangen es von den Dächern, dass das Poly von allen ungastlichen Institutionen die frauenfeindlichste war.

Diese Frauen haben die Feindseligkeit der Professoren nicht überlebt, der eine witzelte über die mindere Intelligenz der Frauen, der nächste sprach ihnen durchschnittliche Intelligenz zu und hielt sich dabei für liberal und erleuchtet und der andere sprach öffentlich darüber, dass die höchste Intelligenz nur in männlichen Gehirnen zu finden war. Wie herablassend alle, selbst die toleranteren unter ihnen. Männliches Genie und der weibliche Mangel an Genie waren ständiges Thema, subtile Grundannahmen, Subtext. Diese Frauen wurden vertrieben, in ihre Länder zurückgetrieben, wo sie hingehörten. Das würde ihr nicht passieren. Das würde sie nicht zulassen. Sie würde hierbleiben. Sie würde dieses Poly mit ihrem Abschluss verlassen: mit dem Diplom.

Fußnote: Nach Stephansen erwarben bis 1927 noch zwei Frauen das Diplom in der Abteilung VI A:
1907 Orsetti – nach fünf Jahren
1912 Frenkel – nach vier Jahren, Promotion in Mathematik 1914.
Es gab also in knapp 60 Jahren (1871-1927) nur vier Studentinnen, die ein ordentliches Studium von 4-5 Jahren an der Abteilung VI A absolvierten und Marić war die einzige unter ihnen, die ohne Diplom abging.

Dazwischen aber lag die Liebe.

Frühling
Wir wollen wie der Mondenschein
Die stille Frühlingsnacht durchwachen,
Wir wollen wie zwei Kinder sein.
Du hüllst mich in dein Leben ein
Und lehrst mich so wie du zu lachen.

Ich sehnte mich nach Mutterlieb
Und Vaterwort und Frühlingsspielen,
Den Fluch, der mich durchs Leben trieb,
Begann ich, da er bei mir blieb,
Wie einen treuen Freund zu lieben.

Nun blühn die Bäume seidenfein
Und Liebe duftet von den Zweigen.
Du musst mir Mutter und Vater sein
Und Frühlingsspiel und Schätzelein.

Else Lasker-Schüler

Dazwischen aber kam die Liebe.

Sie waren in einem Konzert gewesen und hatten beschlossen, zu Fuß heimzugehen, anstatt mit der Straßenbahn zu fahren. Es war ein wenig kühl und Mileva zitterte – vielleicht eine Idee mehr, als sie gefröstelt hätte, wäre sie allein gewesen. Albert zog sein Jackett aus und legte es ihr schützend um die Schultern, wobei sein rechter Arm auf ihrer Schulter blieb. Er hielt sie eng an sich. Ohne sich anzuschauen, gingen sie wortlos Seite an Seite, eine ganze Weile. Dann schaute Albert zur Seite in ihr Gesicht – sie war wirklich winzig, schaute auf sie herunter und lächelte. Sie sah geradeaus – zufrieden oder verkrampft –, er konnte es nicht ausmachen. Er summte ein Thema, das sie im Konzert gehört hatten. Sie lächelte ihn an, entspannt. Es waren keine Sterne am Himmel, kein Mond, es gab keinen Fliederduft, keine blühenden Rosen. Es war eine gewöhnliche Nacht in dem langen, langen Schweizer Winter. Aber Zürich nahm eine Weichheit für sie an. Sie kamen am Zeltweg 23 an, wo Mileva Untermieterin bei der Familie Leimbacher war. Albert hatte sie schon früher zum Abschied geküsst, auf die Stirn, mit Zartheit. Diesmal zögerte er, als sie an der Haustür standen und sich die Hände gaben. Dann nahm er ihre Hand in beide Hände, beugte sich hinunter und küsste sie. Diesen leidenschaftlichen Kuss würde Mileva in Gedanken immer wieder nacherleben, fünfzig Jahre lang würde sie ihn im Gedächtnis halten und sich vorspielen und jedes Mal würde die Zürcher Winternacht so lebendig werden, dass sie fast ihre Jugend wieder berühren konnte.

Rosenstrauch

Mit jenem Kuss hat dein Mund
In meinem den Rosenstrauch
Gepflanzt, dessen Wurzeln an
Meinem Herzen fressen.

Es war Herbst. Der maßlose Himmel
Riss mit seiner Sonne
Alles Gold, in Säulen aus Glanz,
Aus dem Leben empor.

Der Sommer kam und ist dürre.
Der Rosenstrauch – alles vorüber –
Hat in meinen Augen, spät,
Zwei Knospen aus Schmerz geöffnet.

Juan Ramón Jiménez

In dieser Nacht aber konnte sie lange nicht einschlafen. Sie wälzte die gleichen Gedanken immer wieder in ihrem Kopf herum: In letzter Zeit hatte sie gemerkt, dass ihre geliebte Mathematik in ihrem Herzen nur noch den zweiten Platz einnahm. Auf dem ersten Platz war jetzt dieser junge Mann, der sie mit allem bezauberte: mit seinem Lächeln, seiner Stimme, seiner Gangart, mit seiner lässigen Erscheinung, seinem nachlässigen Aussehen, seinen Wortspielen, seinem Witz, seinen Lieblingsausdrücken, viele selbst erfunden. Seine Gedanken flogen nur so dahin oder daher, er war ungezähmt, unzähmbar, wagemutig und ganz sein eigener Mann. Er unterwarf sich keinem Professor, er interessierte sich nicht für Noten, nur für Fragen, er hatte keinen Respekt vor Autoritäten. Er war intellektuell unabhängig. Manchmal noch ein Junge, ein Jüngling. Er faszinierte sie und er war in sie verliebt. Sie hatte begonnen ihn zu lieben.

Ich darf ihm nicht den ersten Platz überlassen, ich darf ihn nicht zulassen, einlassen, er darf mich nicht in Beschlag nehmen. Ich darf ihm nicht die Zügel geben, ich darf ihm nicht zu viel Platz geben in meinem Kopf und in meinem Herzen. Das wäre fatal. Ich würde untergehen. Es würde nichts von mir übrig bleiben. Ich würde vom Poly verschwinden, ganz genau so wie Stephansen. Sie ist jetzt schon ausgelöscht trotz ihres Diploms, getilgt, sie hätte genauso gut nicht hier gewesen sein können.

Dieser Kuss muss ungeschehen gemacht werden, wenn ich nicht wie Stephansen enden will. Aber wie mache ich einen Kuss ungeschehen, besonders diesen? Ich will ihn doch behalten, ich kann ihn immer noch fühlen, was für eine Erregung in meinem Körper, ich wusste nicht, dass es so eine Erregung gibt.

Ein unlösbarer Konflikt: die Mathematik oder die Liebe.

Für Albert war das kein Widerspruch. Er konnte beides vereinbaren. Ein Glückspilz. Oder wer war dieser Mann eigentlich? Mit seinem unschuldigen, unbeabsichtigten Charme, der sie so hingebungsvoll geküsst hatte, als würde er sein Leben aufgeben, ein unbarmherziges Drängen, alle aufgestaute Energie floss in seine Zunge, in ihren Mund, bis der Schmerz endete, bis der Körper gestillt war. Wer war dieser Mann eigentlich?

Dieser Frage nachrätselnd schlief sie ein.

Die Liebe aber kam dazwischen.

Ein Liebeslied

Komm zu mir in der Nacht – wir schlafen eng verschlungen
Müde bin ich sehr, vom Wachen einsam.
Ein fremder Vogel hat in dunkler Frühe schon gesungen,
Als noch mein Traum mit sich und mir gerungen.

Es öffnen Blumen sich vor allen Quellen
Und färben sich mit deiner Augen Immortellen ...

Komm zu mir in der Nacht auf Siebensternenschuhen
Und Liebe eingehüllt spät in mein Zelt.
Es steigen Monde aus verstaubten Himmelstruhen.

Wir wollen wie zwei seltene Tiere liebesruhen
Im hohen Rohre hinter dieser Welt.

Else Lasker-Schüler

Wieder eine Zürcher Winternacht, ein paar Jahre später, wieder ein Konzert, und wieder kommen Mileva und Albert am Haustor an, diesmal in der Plattenstraße 50.

Ich habe eine Überraschung für dich, sagte Mileva, anstatt ihm ihre Hand zu geben, du musst hereinkommen. Die Pension Engelbrecht, wo sie schon eine Zeitlang wohnte, war liberaler, um nicht zu sagen permissiv, als die Leinbachers und Fräulein Bächtold. Die Untermieterin und ihre Gäste wurden keinen kleinlichen Kontrollen unterzogen. Während der letzten drei Jahre waren Mileva und Albert selbstsicherer geworden, erwachsener, vertrauter mit ihrem Gastland und den Schweizerinnen und Schweizern. Albert hatte sogar die Staatsbürgerschaft beantragt, im Oktober 1899. Sie waren schon fast in der Schweiz zu Hause, und sie hatten Zürich über die Jahre sehr lieb gewonnen. In diese Stadt verliebte man sich nicht auf den ersten Blick – es war eine langsame Liebe, kaum bemerkt, wenn sie kam. Aber wenn man fort musste, wenn auch nur für ein paar Tage, dann vermisste man Zürich schon, wenn der Zug aus dem Hauptbahnhof rollte.

Also gingen sie in Milevas Zimmer hoch. Mileva nahm Albert bei der Hand und ging voraus, obwohl Albert nicht zum ersten Mal diese Treppen hochging. Vor der Tür verband sie ihm mit ihrem Schal die Augen, führte ihn hinein und setzte ihn in ihren großen Lehnstuhl. Er hörte das Zischen vieler Streichhölzer. Jetzt darfst du schauen, sagte Mileva und nahm den Schal und küsste ihn leicht auf die Wange. Das Kerzenlicht blendete ihn – überall waren Kerzen, auf dem Tisch, auf dem Kaminsims, auf den kleinen Tischchen, auf dem Nachttisch, auf den Fensterbrettern – überall.

Das müssen mindestens fünfzig Kerzen sein, sagte Albert.
Nein, nur vierundvierzig, eine für jedes Jahr unseres Lebens.
Was ist der Anlass, fragte Albert?
Kein Anlass, erwiderte Mileva, eine Art Jahrestag – der dritte, um genau zu sein.
Wie konntest du dich nur erinnern?
Ich werde mich immer daran erinnern.
Schade, sagte Albert, ich hab es total vergessen.
Und er steckte seine Hand tief in die Tasche seines alten, grauen Wolljacketts und kramte und kramte. Es muss in das Futter gefallen sein, murmelte er.
Mileva sah ihn voller Überraschung an, denn es war gänzlich unmöglich, dass er von ihrem geheimen Plan wusste.
Endlich fand Albert, was er gesucht hatte: die winzigste kleine Schachtel, und er reichte sie Mileva. Ich hab sie immer bei mir, sagte er, für den Fall, dass ein passender Anlass auftaucht. Sie lachten beide. Mileva hielt das kleine Kästchen in den Händen und schaute auf ihren Tisch voller Geschenke. Sie wollte doch *ihn* überraschen. Was war das jetzt für eine Störung?

Mach es schon auf, um Himmels willen.
Ist schon gut, Albert, ich bin ein bisschen langsam.

Was soll das, warum bist du so langsam? Er küsste ihre Hände, was für langsame Hände, murmelte er. Dann küsste er sie auf die Wangen, beide Wangen, dann auf die Mundwinkel, beide Mundwinkel und murmelte, was für langsame Lippen.

Sie musste lachen, aber sie fühlte, wie ihr Körper reagierte und die alten Erregungen wiederfand, die sie vor drei Jahren vergraben hatte. Sie öffnete die kleine Schachtel und fand ein noch kleineres, silbernes Kästchen und öffnete es und sah einen Ring, einen schmalen Goldring ohne Stein, ohne Schnörkel, einfach. Er war schön. Mileva kannte seine Bedeutung. Sie schauten sich an. Albert nahm den Ring und steckte ihn ihr an den Ringfinger der rechten Hand.

Muss er nicht an die linke Hand?, fragte sie.
Ich bin dir wieder einmal voraus, sagte er.
Du bist dir selbst voraus, lachte Mileva.
Wie ein Wunder passte ihr der Ring. Woher wusste er das?

Sie wollte ihn küssen, aber auf einmal konnte sie sich nicht bewegen. Beide standen sie da und schwiegen. Sie wussten beide, dass sie sich schon immer kannten, dass sie sich nie trennen konnten. Sie wussten seit ihrem ersten Kuss vor drei Jahren, dass ihre Herzen zusammengehörten, eine Symbiose der Herzen. Sie wussten es beide.

Als erwachte sie aus einem Traum, sagte Mileva plötzlich, komm zum Tisch und schau, was ich in meiner Tasche habe. Albert konnte es nicht glauben – ihr ganzer Schreibtisch war in einen Gabentisch verwandelt – Kerzen, Kakteen, Alpenveilchen, eine Orchidee, weißer Mohn – wie konntest du im Winter in Zürich weißen Mohn finden?

Wusstest du nicht, dass du in Zürich alles finden kannst?

Zitronen und Feigen aus dem Tessin, Emmentaler aus dem Allgäu, Räucherforelle aus Ermatingen, große, blaue, griechische Oliven im Glas, Brot aus dem Schwarzwald, Mozartkugeln aus Salzburg und – er konnte es nicht glauben: Weißwürste aus München, Ricotta und Marsala aus Rom, jede Delikatesse, über die er ihr je vorgeschwärmt hatte, bis ihnen das Wasser im Mund zusammenlief, und wie er sie vermisste, sogar ein Rettich im Winter – woher hatte sie das alles besorgt und mit wie viel Mühe und wie viel Geld?

Bist du verrückt?, sagte er.
Nein, ich bin nur extravagant.
Bist du wirklich verrückt geworden? Wo sollen wir anfangen?
Wir fangen mit Champagner an und ein bisschen Kaviar. Was meinen Sie dazu, Herr Einstein?
Was immer Sie meinen, gnädiges Fräulein.
Ich liebe dich, sagten sie beide gleichzeitig und umarmten sich.

Das Festgelage dauerte die ganze Nacht. Sie waren schon lange dafür bereit und gaben sich hin. Rosenblätter fielen auf Milevas Brüste, Oliven landeten in Alberts Ohren, Feigen passten in diverse Öffnungen, Zitronensaft wurde aus einem Nabel geleckt, Schwarzbrotkrumen wurden auf die weißen Betttücher gestreut. Sie erfanden immer neue Funktionen für ihre Delikatessen. Verfremdung – das war es.

Du hättest Künstler werden sollen, sagte Mileva, Performancekünstler.
Wusstest du nicht, dass ich alles werden könnte? Ich muss nicht Physiker werden, erwiderte Albert.
Du bist kein bisschen eingebildet, gell?
Ich muss eingebildet sein, meine Verlobte, weißt du, ist die extravaganteste Frau von Zürich.

Aber nach dem Spiel mit Worten und Körpern, nach der Orgie, nachdem ihre Körper fast erschöpft waren vom Spiel, kam die Liebe, eine ungeheure Liebe, eine Welle nach der anderen, hob sie auf und trug sie in ein magisches Land. Sie liebten sich, es war das erste Mal für beide, jeder Schritt eine Entdeckung. Die Kerzen brannten herunter, manchmal zündeten sie sie wieder an. Manchmal merkten sie es nicht – die Liebe kam zuerst, die Liebe kam immer zuerst, die Liebe war die Voraussetzung für das Leben. Eine Kerze brannte ein Loch in das Fensterbrett – kaum merkten sie den Geruch von brennendem Holz inmitten der Düfte von Blumen und Früchten, die das Zimmer füllten. Der Himmel färbte sich schon rosa für den Sonnenaufgang, als sie endlich einschliefen, Mileva in Alberts Armen, ihr Kopf an seiner Schulter.

Dazwischen aber lag die Liebe.

Zweite ETH-Phantasie

Juli 1900 vor der Diplomprüfung

Alle ihre Professoren waren ihr gegenüber höflich, sogar der, der noch nie eine Studentin wahrgenommen hatte. Schweizer sind außergewöhnlich höflich. Kein Vergleich zu dem, was sie an der Universität Heidelberg erlebt hatte. In Deutschland waren Frauen noch nicht an den Universitäten zugelassen, und es sah nicht so aus, als ob sie je zugelassen würden. Die deutschen Professoren waren Götter – sie hassten Frauen. Sie ließen Frauen nicht durch dieselbe Tür gehen, sie schrieben Pamphlete gegen das Recht von Studentinnen, sich einer Universität auch nur zu nähern, sie lasen öffentlich gegen das Frauenwahlrecht, gegen Frauenbildung, gegen Frauenberufsausübung, sie übertrafen sich gegenseitig im Hohn, den sie über Frauen schütteten. Aber auch hier in Zürich gab es eine Schranke, einen Vorbehalt – sie konnte den Finger nicht darauf legen. Sie war einfach kein Mann. Professoren wussten nicht genau, wie sie sich ihr nähern sollten. Sie scherzten nicht mit ihr, wie sie es mit den Männern taten, sogar mit Albert, den sie nicht sehr mochten, weil er so unorthodox war. Aber wenigstens war er männlichen Geschlechts. Sie war ihnen zu fremd, ein slawisches Enigma, wie die russischen Prinzessinnen, zu weit entfernt von der Schweizer Bourgeoisie. Sie versuchten erst gar nicht, ihr nahezukommen, um sie zu verstehen, und sie selbst hielt Distanz. Sie waren höflich, die, die sie überhaupt wahrnahmen, aber unter ihrer Höflichkeit lag die Überzeugung, dass sie eigentlich nichts am Poly verloren hatte. Sie war toleriert wie die fünf Frauen vor ihr, aber niemand nahm sie ernst. Sie war kein ernsthafter Spieler, kein möglicher Assistent oder zukünftiger Professor. Sie hatte die Erlaubnis zuzuhören, reinzuhören, aber das war alles, wirklich alles. Keine Frau würde bei der Diplomprüfung in dieser Abteilung je wieder durchkommen, war die unausgesprochene Botschaft.

Albert, die lassen mich nicht durchkommen. Sie wollen keine Frau bestehen lassen.
Wie könnten sie dich durchfallen lassen? Du bist besser als die Männer.

Albert, sie haben mir schlechte Noten gegeben. Ich habe ihre niedrigen Noten nicht verdient. Sie gaben sie mir einfach, weil sie glaubten, sie seien für mich gut genug.
Sie wollten nicht, dass du eingebildet wirst.
Sie wollten mir keine Hoffnungen machen, Albert. Sie lassen mich durchfallen. Sie warten jetzt wieder 30 Jahre, bis sie eine Frau durchkommen lassen. Sie wissen nicht einmal, wie gut ich bin.
Sie müssen dich durchlassen, Miza, aber wenn sie es nicht tun, heirate ich dich am nächsten Tag.

Albert, sie wissen über uns Bescheid, das ist schlecht. Sie werden sich denken, EIN Diplom in der Familie genügt, und du bist sowieso derjenige, der eine Stellung kriegt. Was für eine Stelle könnte ich schon bekommen?
Furchtbar, entsetzlich – wenn sie dir im guten Glauben die Erniedrigung ersparen wollen, dass du sowieso keine passende Stelle findest. Nein, das könnten sie nicht tun!
Doch, sie können es tun, und noch voller guter Absichten dabei sein.
Es ist alles meine Schuld.
Warum bist du schuld?
Ich habe es hinausposaunt, dass wir uns lieben, ich wollte, dass alle es wissen, dass wir verlobt sind, ein Paar, ich wollte, dass die ganze Welt es weiß.
Das sind zwei Paar Stiefel, sagte Mileva, sie können mich durchfallen lassen, weil ich als Frau keine Chance habe, eine Laufbahn als Mathematikerin, Physikerin, Lehrerin einzuschlagen – oder sie können mich durchfallen lassen, weil ich als deine Frau keine Karriere brauche. Dann

sehen sie mich einfach als deine zukünftige Frau, die zu Hause bei den Kindern ist, ganz so wie ihre eigenen Frauen – glücklich, so glücklich an dem Ort zu sein, wo sie hingehören.
Mein Gott, das ist furchtbar, ich fühle mich entsetzlich. Warum haben wir nicht gewartet, es der ganzen Welt mitzuteilen?
Wir mussten es in die ganze Welt hinausschreien, wir haben unsere Liebe so lange geheim gehalten.

Unmittelbar vor der Prüfung war Mileva gut vorbereitet. Sie war sehr sicher. Sie würde es gut machen. Alle ihre Ängste und Zweifel und bösen Vorahnungen waren verschwunden. Sie hatte sich mit den anderen zusammen vorbereitet. Sie wusste es und die anderen wussten, dass sie genauso gut war wie sie, oft besser. Sie brauchte nicht auf die Noten der Professoren zu warten. Aber das war es, was in diesem System zählte. Gut, dann würde sie es ihnen zeigen.

Nach der Prüfung war Mileva zufrieden mit sich und ihrer Leistung. Albert war nicht so sicher, dass er es gut gemacht habe. Sie tröstete ihn: Komm, wir zwei konnten den Stoff gleich gut. Mach dir keine Sorgen. Du segelst mit fliegenden Fahnen durch.

Als die Ergebnisse bekannt wurden und Albert gerade mit 4,91 noch durchgekommen war, und Mileva mit 4,00 nicht, konnte sie es nicht glauben. Es musste ein Fehler sein. Sie konnte nicht versagt haben. Sie hatte während der ganzen Studienzeit praktisch die gleichen Noten wie Albert, und sie hatte zusätzliches Wissen von ihrem Auslandssemester in Heidelberg. Es war ganz unmöglich, dass sie das Diplom nicht bekommen würde.

Mileva war in Tränen, sie fühlte sich erniedrigt, sie wollte niemanden sehen, mit niemandem reden, schon gar nicht mit ihren Professoren.

Die Enttäuschung für ihre Eltern – sie konnte es ihnen nicht schreiben –, es würde ihnen das Herz brechen. Ihre ganze Arbeit, ihr Studium, ihre Opfer, die Jahre, die sie diesem Ziel gewidmet hatte – alles umsonst und sie war bald 25 Jahre alt.

Wie konnte sie diese Erniedrigung aushalten? Sie war verzweifelt. Jetzt tröstete Albert sie; er begann, die Situation zu analysieren: In angewandter Physik hatten sie die gleiche Punktezahl, in Arithmetik und Algebra hatte sie einen Punkt weniger als er. Für die Diplomarbeit, bei der Mileva ihm so geholfen hatte, hatte er 18, sie 16 Punkte bekommen. Funktionentheorie war ihr Ruin – er hatte 11, Mileva nur 5 Punkte. Wie konnte das sein, wie konnte denn das alles sein? Albert hatte keine Erklärung dafür.
Was die Diplomarbeit anging – sie hatten beide das gleiche Gebiet, und Mileva war begeistert von ihrem Thema gewesen, Albert war ziemlich uninteressiert – sie musste ihm helfen, dass er etwas zu Papier brachte. Sie konnte ihre Note nicht verstehen, denn Prof. Weber war mit ihrer Arbeit zufrieden gewesen – sie wollte sie zu einer Doktorarbeit ausbauen. Wieso bekam sie dafür nur 16 Punkte, wenn andere 22 bekamen, wenn selbst Albert 18 bekam? Albert kam zu dem Schluss, dass es keine rationale Erklärung gab. Vielleicht hatte sich die Antipathie, die Weber ihm gegenüber hatte, auch auf Mileva ergossen. Vielleicht wollte Weber ihr eine Lektion erteilen – was hatte sie am Poly zu suchen, sie war nur extra Mühe, sie konnte sowieso keine akademische Laufbahn einschlagen.

Nein, Albert, das kann ich nicht glauben. Professor Weber war immer nett zu mir, charmant, um genau zu sein: ein Gentleman.
Miza, das ist nur die Oberfläche. Keiner von diesen Professoren denkt, dass eine Frau Physik machen kann.
Ich finde, ich könnte ein so guter Physiker sein wie ein Mann.
Ein besserer, Miza, besser als jeder Mann, antwortete Albert.

Nach der Prüfung bekamen alle Männer eine Assistentenstelle am Poly, mit Ausnahme von Albert.
Ich glaube, sie haben mich nur durchgelassen, um mich loszuwerden und mich hinterher degradieren zu können, war Alberts Kommentar.

Ohne dass Mileva Marić es wusste, war dies ihr erstes Opfer, das sie aus Liebe für den geliebten Mann erbrachte: Sie erlaubte sich nicht, die Prüfung zu bestehen.

Zwischen dieser Diplomprüfung und ihrer Wiederholung ein Jahr später aber lag ihre erste Schwangerschaft.

Meinlingchen
(meinem Jungen zu eigen)

Meinlingchen sieh mich an –
Dann schmeicheln tausend Lächeln meinem Gesicht,
Und tausend Sonnenwinde streicheln meine Seele,
Hast wie ein Wirbelträumchen
Unter ihren Fittichen gelegen.

Nie war so lenzensüß mein Blut,
Als Dich mein Odem tränkte,
Die Quellen Edens müssen so geduftet haben
Bis Dich der Muttersturm
Aus süßem Dunkel
Aus meinen Herzwegen pflückte
Und Dich in meine Arme legte,
In ein Bad von Küssen.

Else Lasker-Schüler

Auch nach der zweiten Diplomprüfung weinte Mileva herzzerbrechend. Es gab keine Erklärung, dass sie wieder durchgefallen war, mit der gleichen Note: 4,00. Sie hatte so hart gearbeitet während des ganzen Jahres, sie hatte zwei Kurse wiederholt, die Professoren kannten ihre Arbeit, ihre Noten waren gut.

Was wussten die Frauen, die vor ihr an dieser Abteilung waren, das sie nicht wusste? Mit Ausnahme von Stephansen versuchte keine von ihnen die Diplomprüfung, von Wiederholung ganz zu schweigen. War Wiederholen etwas, was sich einfach nicht gehörte? Sollte frau einfach still verschwinden, wenn sie einmal durchgefallen war? Oder war schon sich prüfen zu lassen eine Unbescheidenheit für eine Frau, etwas, was frau nicht tat? War es eine unzumutbare Belastung für die männlichen Professoren? Die ersten Studentinnen, die nach Zürich kamen, waren nur Hörerinnen und gingen ohne Prüfung ab. Die fünf Frauen vor ihr hatten offensichtlich eine Sensibilität, die sie nicht hatte. Vielleicht wussten sie, dass sie ihren kleinbürgerlichen Professoren überlegen waren und ihre Bewertungen nicht brauchten. Sie kamen hierher, um zu lernen, und unterzogen sich nicht der Erniedrigung, sich von Männern mit Vorurteilen gegen sie prüfen zu lassen. Sie gaben diesen Männern keine Macht. Sie schauten sie an, schätzten sie ein, schätzten sie ab und gingen. Keine öffentliche Beschwerde, keine öffentliche Kritik, das verbot ihre Kinderstube. Stolze Frauen – alle. Mit aristokratischer Freiheit zu denken, sich ihre eigene Meinung zu bilden und sich von Mittelmäßigkeit und Engstirnigkeit zu distanzieren. Zürich war nicht, was es versprach, und besonders am Poly waren die kleinen Geister an der Macht – die Administratoren mit Buchhalterseelen, die die Noten herumschoben, bis sie wieder die gleiche Gesamtnote bis auf ein Hundertstel ergaben: 4,00. Diese Frauen hatten anscheinend eine Selbstsicherheit, die sie nie haben würde. Jetzt schon gar nicht mehr, wo sie zweimal durchgefallen war. Jetzt, wo sie schwanger war.

Ohne dass Mileva Marić es ahnen konnte, sollte ihr Lieserl das zweite Opfer werden, das sie aus Liebe dem geliebten Mann bringen würde.

Mein Kind

Mein Kind schreit auf um die Mitternacht
Und ist so heiß aus dem Traum erwacht
Wie meine sehnende Jugend.

Gäb' ihm so gern meines Blutes Mai,
Spräng' nur mein bebendes Herz entzwei.

Der Tod schleicht im Hyänenfell
Am Himmelsstreif im Mondeshell.

Aber die Erde im Blütenkeusch
Singt Lenz im kreisenden Weltgeräusch.

Und wundersüß küsst der Maienwind
Als duftender Gottesbote mein Kind.

Else Lasker-Schüler

Ende der ETH-Phantasien

Milevas und Alberts Kind wurde Ende Januar 1902 in Novi Sad geboren: ein Mädchen. Mileva hatte nach der Diplomprüfung Zürich verlassen und war nach Hause gefahren, um dort zu entbinden. Albert sah seine Tochter nie. Am 4.2.1902 schrieb er:

»... Aber siehst, es ist wirklich ein Lieserl geworden, wie du es wünschtest. Ist es auch gesund und schreit es schon gehörig? Was hat es denn für Augerl? Wem von uns sieht es mehr ähnlich? Wer gibt ihm das Milcherl? Hat es auch Hunger? Gellst, und ein vollständiges Glatzerl hats. Ich hab es so lieb und kenn's doch noch gar nicht ...«

Trotz seines verbalen Interesses kommt er nicht, um das Baby zu sehen, obwohl er die erste Jahreshälfte 1902 frei und ohne Arbeit war – er gab ein paar Privatstunden, während er auf den Beginn seiner Anstellung im Berner Patentamt wartete. Seine Briefe vom 8. und 17. Februar an Mileva erwähnen Lieserl schon nicht mehr. Allerdings fehlen Seiten in diesen Briefen – möglicherweise die einschlägigen.

Ich hab es so lieb und kenn's doch noch gar nicht.
Ich hab es so lieb
so lieb
lieb

Diese Tochter wurde nach einer schweren Geburt geboren; Mileva lag im Krankenbett. Albert hatte Angst um sie.

Ich hab es so lieb und kenn's doch noch gar nicht.
Ich hab es so lieb
so lieb
lieb

Als Albert und Mileva ein Jahr später heirateten, hätten sie Lieserl zu sich nehmen und damit legitimieren können. Vermutlich erlaubte es der Beamtenstatus von Albert – so niedrig seine Stelle auch war – nicht, ein uneheliches Kind öffentlich einzugestehen. Oder erlaubte es sich Albert nicht – so unkonventionell er sich gab –, sein Kind zu legitimieren?

Die Aufgabe des Kindes war das zweite Opfer, das Mileva dem geliebten Mann brachte.

Die Verscheuchte

Es ist der Tag in Nebel völlig eingehüllt,
Entseelt begegnen alle Welten sich –
Kaum hingezeichnet wie auf einem Schattenbild.

Wie lange war kein Herz zu meinem mild ...
Die Welt erkaltete, der Mensch verblich.
Komm, bete mit mir – denn Gott tröstet mich.

Wo weilt der Odem, der aus meinem Leben wich?
Ich streife heimatlos zusammen mit dem Wild
Durch bleiche Zeiten träumend – ja, ich liebte dich ...

Wo soll ich hin, wenn kalt der Nordsturm brüllt?
Die scheuen Tiere aus der Landschaft wagen sich
Und ich vor deine Tür, ein Bündel Wegerich.

Bald haben Tränen alle Himmel weggespült,
An deren Kelchen Dichter ihren Durst gestillt –
Auch du und ich.

Else Lasker-Schüler

Das Schicksal von Lieserl ist ungewiss. Noch im September 1903 schrieb Albert an Mileva, die gerade einen Besuch bei ihren Eltern machte: »Die Geschichte mit dem Lieserl thut mir sehr leid. Es bleibt so leicht vom Scharlach etwas zurück, wenn nur alles gut vorbei geht ...«

Und Mileva aus Novi Sad teilte ihm mit, dass sie wieder schwanger war – wir haben ihren Brief nicht. Vielleicht schrieb sie (oder etwas weniger explizit):

»Mein süßer Liebling, ich habe furchtbare Angst, dir meine Neuigkeit zu schreiben. Kaum haben wir unser Problem mit Lieserl gelöst, habe ich ein neues Problem. Ich wollte es dir nicht mitteilen, ehe ich ganz sicher war. Aber jetzt weiß ich es sicher, dass ich wieder schwanger bin. Ich sollte vor Freude jauchzen – ich weiß, es ist, was von einem jung verheirateten Paar erwartet wird, aber ich mache mir Sorgen um uns und ob ein Baby in unser Leben passt. Wird sein Schreien dich stören, wirst du irritiert sein, wirst du arbeiten können und vor allem werden wir Zeit haben, unsere Arbeit an deinen Projekten fortzusetzen? Du hast schon jetzt einen Ersatz für mich gefunden und ich bin noch kaum weg – was wird aus unserer Zusammenarbeit, wenn meine Zeit von dem neu geborenen Baby eingenommen wird? Du weißt, wie sehr ich mit dir arbeiten will und du musst mir vergeben, wenn ich nicht all meine Energie für unsere Arbeit habe. Das Baby wird mich brauchen. Ich mach mir solche Sorgen, dass ich nicht weiß, wie ich mit dem Baby umgehen soll. Ich hab jetzt schon Angst vor der Entbindung in Bern, in dem kalten Land, wo ich keine Hilfe habe, keine wunderbaren Hebammen wie hier, die mir Selbstvertrauen einflößen, keine Freundinnen. Ich werde sie alle vermissen, meine Verwandten, die Dienstboten, sogar die Nachbarinnen, die vorbeikommen mit ihrem Lachen und ihren Ratschlägen. Ich werde dich um Hilfe bitten müssen und dann wirst du böse sein – ich werde dich von deinen Gedanken entfernen müssen – das lässt sich nicht vermeiden.

Ich mach mir solche Sorgen, dass du mir böse bist wegen dieser neuen Schwangerschaft mit all ihren Übeln, wo wir die andere noch nicht verwunden haben, die uns so viele Schmerzen brachte.

Bitte, sei mir bitte nicht böse, Schatz, ich werde so hart wie möglich für dich und für das Baby arbeiten. Ich verspreche es. Ich werde bis in die Nacht hinein arbeiten, wenn das Baby schläft, hoffentlich. Ich werde arbeiten und arbeiten. Und vielleicht wird es diesmal ein Hanserl für dich.«

Jedenfalls antwortete Albert am 19. September 1903:

»Lieber Schnoxl!

Keine Rede davon, dass ich böse bin, dass der arme Schnoxl brüten muss. Ich bin sogar froh darüber und habe mich schon besonnen, ob ich nicht sonst dafür sorgen soll, dass Du ein neues Lieserl kriegst, dass Dir nicht vorenthalten sei, was doch das Recht aller Frauen ist. Mach Dir nur keine Sorgen, sondern komme vergnügt zurück und brüte recht sorgsam, dass was Gutes zustande kommt.«

Hans Albert wurde am 14. Mai 1904 in Bern geboren.

Keine Rede davon,
dass ich böse bin,
dass ich böse bin,
dass der arme Schnoxl brüten muss,
böse bin?
böse bin?

Ich bin sogar froh darüber.
Ich bin sogar froh darüber.

froh darüber?
froh
froh
froh

Ohne dass Mileva es merkte, brachte sie dem geliebten Mann mit der Geburt ihres ersten Sohnes das dritte Opfer: Sie gab eine eigenständige Karriere auf.

1905 erschienen die drei Arbeiten in den *Annalen der Physik*, die Albert Einstein weltberühmt machten.

Mileva schätzte es korrekt ein, als sie zu ihrem Vater 1905 sagte: »Vor Kurzem haben wir ein sehr bedeutendes Werk vollendet, das meinen Mann weltberühmt machen wird.« Sie sprach von der Relativitätstheorie.

Man wird nicht als Genie geboren,
man wird zu einem Genie gemacht.
Frau wird nicht als Hausfrau geboren,
sie wird zu einer Hausfrau gemacht.

Jetzt war sie eine Hausfrau, nichts als eine Hausfrau – es spielte keine Rolle, dass sie studiert hatte, es spielte keine Rolle, was für intellektuellen Fragen sie nachging, an was für Problemen sie arbeitete, was sie las, was sie auf dem Klavier spielte, was für Gedichte sie liebte. Es spielte keine Rolle, dass sie spät abends Mathematik und Physik machte, manchmal bis die Sonne aufging. Alles, was von außen zu sehen war, waren ihre Hausfrauenpflichten: Sie ging zum Bäcker, um frische

Semmeln zu holen, zum Metzger, zum Gemüsemarkt, sie putzte Fenster – die Schweizerinnen putzen das ganze Jahr lang Fenster –, sie putzte das Treppenhaus, wenn sie an der Reihe war. Sie war jetzt eine Hausfrau. So wurde sie wahrgenommen, obwohl sie nie so effizient sein würde wie eine Schweizer Hausfrau. Das hatte sie nicht gelernt mit ihren 30 Jahren – niemand hatte ihr das Kochen und Bügeln und Waschen und Nähen beigebracht. Sie sah die skeptischen, kritischen Blicke, wenn sie die Fenster oder das Treppenhaus putzte. »Anscheinend habe ich wieder den falschen Tag oder die falsche Tageszeit zum Saubermachen erwischt«, sagte sie bei sich. Die Sonne schien auf die Fenster und sie wurden nicht klar. In Bern sagte ihnen das Hausbesitzerehepaar, sie bräuchten Vorhänge für die Fenster, obwohl sie eine Mansardenwohnung ganz oben hatten und niemand hereinschauen konnte. Sie liebte es sehr, wenn am Morgen das helle Sonnenlicht durch die Fenster eindrang. Aber sie hing die Vorhänge auf – so eine Mühe –, um dann korrigiert zu werden, dass es die falschen Vorhänge seien für das historische Haus. Als sie es Albert abends erzählte, kamen ihr die Tränen. Aber er heiterte sie auf: Komm, Miza, wir zwei sind einfach keine guten Hausfrauen. Sie müssen doch irgendwie sehen, dass ich erst vor Kurzem ein Schweizer wurde und du, erst als du mich heiratetest, eine Schweizerin. Ich helf dir, die richtigen Vorhänge aufzuhängen, wir machen es zusammen. So war es vor einigen Jahren gewesen. Jetzt in Zürich war sie allein für die Hausarbeit zuständig. Albert hatte keine Zeit mehr, ihr zu helfen. Und jetzt hatten sie zwei Kinder. Es war zu viel, zu anstrengend, die täglichen Einkäufe in den verschiedenen Läden, die Lebensmittel zu schleppen, die Kinder anzuziehen und mitzunehmen, dann heimzubringen, auszuziehen, die Windeln zu wechseln, mit Albertli zu spielen, das Frühstücksgeschirr zu spülen, während das warme Mittagessen zubereitet werden musste, die Hauptmahlzeit. Und so verging der Tag, noch mehr Geschirr, Windeln, Waschen. Die Waschtage waren besonders hart – sie hatte kaum die Kraft, die Betttücher, Kissenbezüge, die Tischtücher und Servietten zu bürsten, die nasse Kochwäsche im Kessel zu drehen, das Wasser auszuwringen und dann alles ein zweites Mal zu tun.

Wie hatte sie das verdient? Wie hatten Frauen das verdient? Allerdings hatten die Frauen, die sie kannte, für die harte Arbeit Wäscherinnen, Büglerinnen, Näherinnen, Putzfrauen, Köchinnen und Kindermädchen. Die anderen Frauen hatten Zeit zu lesen, ein Instrument zu spielen und Besuche zu empfangen. Für sie kam Hilfe im Haushalt nicht in Frage. Albert verdiente hier in Zürich als a. o. Prof. nicht mehr, als er am Patentamt in Bern verdient hatte. Sie konnten sich das nicht leisten, im Gegenteil, sie nahm noch Untermieter auf, um finanziell nachzuhelfen. Ihre Freundinnen bemitleideten sie – sie konnte nicht einmal am Nachmittag ein Stündchen im Café verbringen. Die einzige Zeit, die sie allein mit Albertli hatte, war, wenn Tete seinen Mittagsschlaf hielt. Albertli freute sich so auf diese kurzen Stunden mit ihr allein. Aber manchmal schlief sie selber vor Erschöpfung ein, wenn sie Tete hinlegte – er war so unruhig, sie brauchte so lang, ihn zu beruhigen, sie massierte seinen Rücken, streichelte sein Gesicht, sang ihm ein Lied. Manchmal schlief sie vor ihm ein oder gleichzeitig mit ihm und Albertli wagte dann nicht, sie zu wecken – er stand in der Tür und wartete und wartete, bis sie aufwachte.
Sie wusste, dass sie sich ruinierte. Dabei hatte sie nur zwei Kinder, nur ein kränkliches Kind, ihren Tete, wie musste es anderen Frauen gehen mit fünf, sieben, neun Kindern und noch weniger Geld? Wie überlebten die? Lebten sie überhaupt? Oder starben sie, ehe sie gelebt hatten? (Scheinhardt)

Kein Wunder, dass sie sich nicht für Politik interessierten, keine intellektuellen Interessen hatten, nicht einmal die Zeitung lasen. Ihre Männer waren ihre einzige Verbindung zur Welt. Fast ging es ihr auch so, fast war sie auch schon auf die Hausarbeit reduziert, von den Nachbarinnen unter Kontrolle gehalten, dass sie sie korrekt machte, sodass die Hausarbeit ungeheure Proportionen annahm, die völlig absurd waren. Als seien die drei Schweizer Tugenden Sauberkeit, Ordnung und Pünktlichkeit ethische Werte. Aber da gab es keine Diskussion – die Schweizer würden sie mit ihrer Ordnungsliebe eher umbringen, als eine andere Perspektive zulassen. Sie war jetzt eine Hausfrau und sollte sich gefälligst wie eine Hausfrau benehmen.

Frau wird nicht als Hausfrau geboren,
Frau wird zur Hausfrau gemacht.

Wo waren ihre Ambitionen, ihre Ziele, ihre Bestrebungen hingekommen? Wann hatte sie sie aufgegeben? Sie kam als junges, ehrgeiziges Mädchen nach Zürich und wollte Physikerin werden. Sie hatte ihren Berufswunsch nie aufgegeben, ihr Wunsch verschwand so allmählich, dass sie es nicht einmal merkte. Sie wurde Ehefrau, sie wurde Hausfrau, sie wurde Mutter – ihr Wunsch wurde verdrängt, Mann und Kinder rückten in den Vordergrund mit ihren Bedürfnissen, sie gingen vor, sie wurden ihre zentrale Aktivität. Sie ging auf in der Welt ihres Mannes, ihrer Söhne. Ihre Bedürfnisse wurden primär, kamen immer zuerst, vor allem die Babys konnten nicht warten. Weil sie diese Verantwortung übernahm, konnte Albert es sich leisten, dass seine Arbeit zuerst kam. Er konnte sich auf seine Arbeit konzentrieren, weil sie sich auf die Kinder konzentrierte. Wie praktisch für die Männer, eine Arbeiterin zu haben, die für Haus, Ernährung, Kinder verantwortlich ist. Eine Arbeiterin zu heiraten, die nicht nur für sie arbeitet, die sie auch noch liebt.

Mit der Geburt des kränklichen zweiten Sohnes, der fast vierzig Jahre ihrer Pflege bedurfte, brachte Mileva ihrem Mann das vierte Opfer: Sie gab ihre Wissenschaft und dann sich selbst auf.

Nicht eingelöstes Leben
unerfülltes Leben
ungelebtes Leben
verschenktes Leben
vertanes, verlorenes, verschwendetes, zerstörtes Leben.

»Mit einiger Sicherheit wusste man nur ..., dass etwas schiefgelaufen war in diesem Leben«, schrieb Christine Koschel über Ingeborg Bachmann nach ihrem Tod. »Eine Hoffnung war nicht in Erfüllung gegangen, eine Vorstellung von Glück nicht eingetroffen, ein lebenslanger Einsatz von Kraft und Phantasie hatte nirgends hingeführt.«

Verschenktes, vergeudetes, verschwendetes,
verlorenes, zerstörtes Leben.

Sie gab sich selbst auf. Danach hatte sie nichts mehr, war nichts mehr, zerbrach.
Und Albert suchte sich eine neue Frau.

Abschied

Aber du kamst nie mit dem Abend –
Ich saß im Sternenmantel.

... Wenn es an mein Haus pochte,
War es mein eigenes Herz.

Das hängt nun an jedem Türpfosten,
Auch an deiner Tür;

Zwischen Farnen verlöschende Feuerrose
Im Braun der Girlande.

Ich färbte dir den Himmel brombeer
Mit meinem Herzblut.

Aber du kamst nie mit dem Abend –
... Ich stand in goldenen Schuhen.

Else Lasker-Schüler

Mit der neuen Frau, seiner Kusine Elsa Löwenthal, geschieden, zwei Töchter (Ilse 13, Margot 11), verbinden ihn Spaziergänge auf Schwäbisch und schwäbisches Essen. Seine Briefe an sie sind trocken: Liebe Elsa steigert sich zu meine liebe Elsa, bis hin zur liebsten Elsa, das aber nur einmal. Nichts Himmelhochjauchzendes mehr wie in den Liebesbriefen an Mileva, kein Schnoxl, Doxerl, meine süße Kloane, mein lieber Schatz, Schatzerl, meine liebe Miez, liebes Miezchen wie damals.

»Wenn dich dein Weg nach Zürich führt, dann machen wir (ohne meine leider so eifersüchtige Frau) einen schönen Spaziergang und ich erzähle dir ...« (14.3.1913)

»Ich würde etwas drum geben, wenn ich einige Tage mit dir verbringen könnte, aber ohne ... mein Kreuz.« (23.3.1913)

»Längstens nächstes Frühjahr komme ich also für immer nach Berlin. ... Ich freue mich schon sehr auf die schönen Zeiten, die wir dort zusammen verbringen werden.« (14.7.1913)

»Meine Frau ist eine unfreundliche, humorlose Kreatur, die selbst nichts vom Leben hat und anderer Freude am Leben durch ihre bloße Anwesenheit untergräbt (Malocchio)!« (2.12.1913)

»Miza ist von Natur unliebenswürdig und misstrauisch.« (27.12.1913)

Mileva ahnt nicht, dass die beiden schon von Scheidung reden:

»Glaubst du, es sei so leicht, sich scheiden zu lassen, wenn man von der Schuld des anderen Teils keinen Beweis hat«, schreibt Albert vor dem 2. Dezember 1913.
Er wird sechs Jahre später aufgrund von Ehebruch von seiner Seite geschieden.

Verzweiflung

Die Erde wird dir zur Stiefmutter werden,
wenn du meine Seele verkaufst.
Alle Wasser bringen dir
Schüttelfroste von Qual.
Die Welt wurde schöner, als du
mich zur Verbündeten machtest,
als wir wortlos unter
dem Weißdorn lagen und
die Liebe und der Weißdorn
uns verwundeten mit ihrem Duft.

Aber die Erde heckt Schlangen,
wenn du meine Seele verkaufst.
...
Jeder Kuss, den du gibst,
Hallt wider in meinem Ohr,
...
Wenn du eine andere liebst, dann malen
auf mein Haus sie die Wolken.
Geh wie ein Dieb und küss sie
im dunkelsten Schoß der Erde,
aber wenn du ihr den Kopf hebst,
ist es mein Gesicht in Tränen.
...
Gott will nicht, dass die Sonne
dir scheint, wenn nicht an meiner Seite.
...
Er will nicht, dass du schläfst,
Außer in meinem Haar.

…
ich fließe von deiner Zunge,
auch wenn du eine andere nennst,
…
und ob in Hass oder Sehnsucht,
Wen du rufst, bin immer ich.

Gabriela Mistral

Die fünf Jahre bis zur Scheidung, während derer Mileva allein mit den kleinen Kindern in Zürich lebt, bringen sie fast unter die Erde. Sie wird schwer krank, verbringt immer wieder Zeit in Krankenhäusern und Sanatorien, die Kinder sind allein mit einer Haushaltshilfe oder werden auf Freunde verteilt; Tete wird mit ihr krank und wird in Sanatorien eingewiesen, manchmal mit seiner Mutter zusammen. Hans Albert kämpft gegen und um den abwesenden Vater, erhält seine leeren brieflichen Versprechen, wird vertröstet: »Musst dich noch ein paar Monate gedulden, mein Sohn«, schrieb er am 25. Dezember 1915 an ihn – Hans Albert war elf Jahre alt.

Musst dich noch ein paar Monate gedulden.
Ein paar Monate.

Einstein gedachte im April zu kommen, zu einer Konferenz.
Als Hans Albert zwölf war, ließ ihn sein Vater wissen: »Durch Leiden und Unbill entwickelt sich ein rechter Kerl.« Hans Albert sei seiner kranken Mutter »wie ein erwachsener Mann Stütze« gewesen, lobte ihn Einstein, der selbst weit weg war. Hans Albert durchschaut seine schwätzerischen, geschwätzigen Briefe, verweigert ihm Antworten, will ihn nicht mehr sehen, will nicht mit ihm gesehen werden und will ihn doch

zurückhaben. Er sagte später über diese Jahre, dass sie die schlimmste Zeit in ihrem Leben gewesen seien, weil sie nicht wussten, was die Zukunft bringen würde, das heißt, ob der Vater zu ihnen und ihrer Mutter zurückkäme. Dieser Vater hatte sich längst innerlich von seinen Kindern getrennt, sie bedeuteten ihm, sobald er eine neue Frau (mit Töchtern) hatte, nichts mehr. Nach einer Reise mit beiden Söhnen schrieb er am 19. Oktober 1920 an Elsa: »Das tiefere Menschliche scheint beiden verschlossen zu sein – leider ... aber als meine zeitliche Fortsetzung kann ich sie nicht betrachten, sie haben große dicke Hände und überhaupt bei aller Intelligenz etwas undefinierbar vierfüßiges.«
Aber er warf Mileva vor – der altbekannte Vorwurf untreuer Väter, die sich davonmachen: »Meine Kinder hast du mir weggenommen und sorgst dafür, dass ihre Gesinnung dem Vater gegenüber vergiftet wird« (15.9.1914) – Mileva war am 29.7.1914 von Berlin nach Zürich abgereist, nicht aus eigenem Wunsch, nachdem sie gerade mit dem ganzen Haushalt nach Berlin umgezogen war.
Mileva geht an Alberts Untreue zugrunde – belogen und betrogen von ihm, verraten, angewiesen auf sein Geld, ihre Opfer für ihn umsonst, ihre Arbeit nicht anerkannt, immer wieder verletzt durch seine unsäglichen Lügen und Zuschreibungen, Krankheits- und Todeswünsche, Forderungen, Drohungen und Erpressungen. Körperlich und seelisch völlig geschwächt, willigt sie schließlich in die Scheidung ein. Nach all seinen brutalen Angriffen und Vernichtungsversuchen schreibt sie ihm, dass sie seinem Glück nicht im Wege stehen wolle.

Jeder Kuss, den du gibst,
hallt wider in meinem Ohr.

Jeder Kuss, den du gibst,
hallt wider in meinem Ohr.

Jeder Kuss, den du gibst,
hallt wider in meinem Ohr.

Albert heiratete kurz nach der Scheidung, aber er war um diese Zeit nicht mehr so sicher, ob er Elsa oder ihre Tochter Ilse (inzwischen zweiundzwanzig Jahre alt) heiraten sollte. Ilse wäre ihm lieber gewesen, aber da sie nicht willens war, nahm er schließlich Elsa. Und hatte zahlreiche Geliebte neben ihr, ein oder zwei uneheliche Kinder – Elsa ließ sich nicht scheiden.

Hans Albert konnte sich von seinem unstabilen, ewig schwankenden Vater äußerlich befreien. Er studierte gegen den Willen seines Vaters Ingenieurwissenschaften (»Man kann von seinen Kindern nicht verlangen, dass sie Gesinnungen erben.« 9. November 1918) und heiratete gegen seinen Willen eine Frau, die um vieles älter war als er, und hatte gegen dessen Vorhersagen gesunde Kinder, eine gute Ehe und eine akademische Karriere, die mit einer Professur in Berkeley endete.

Tete, der nach Aussagen seiner Klassenkameraden sehr begabt war, wurde zu Anfang seines Medizinstudiums psychisch krank – er hörte Stimmen, unerträgliche Stimmen, hatte Anfälle, wurde tätlich, er konnte sich nur durch Gewalthandlungen befreien: Er hatte den Vater im Ohr. Einweisungen, Entlassungen. Mileva lebte mit ihm, pflegte ihn, Erzieherin, Krankenpflegerin, wenn er nicht im Burghölzli war, bis sie vor Erschöpfung starb.

Was so vielversprechend als gleichwertige Beziehung auf gleicher Ebene begann, als sie beide an der ETH studierten, Hoffnungen und Ideen teilten, endete in Schattenarbeit als Mitarbeiterin und Muse, endete in unbezahlter Arbeit als Hausfrau, Putzfrau, Kinderfrau, Erzieherin und

Krankenpflegerin. Was so vielversprechend als Liebesbeziehung begann, endete für Mileva in Verbitterung und Vereinsamung.

Zerstörung weiblicher Schaffenskraft
Selbstaufopferung aus Liebe
die Opfer ungewürdigt
die Spuren fast verlöscht.

Die meisten Briefe von Mileva an Albert hat er nicht aufbewahrt. Andere wurden vernichtet. Mileva hat seine Briefe allesamt aufbewahrt. Als sie 1925, weil sie Geld benötigte, ihre Memoiren schreiben wollte, riet Albert ihr umgehend ab:

»... Meine Heiterkeit aber hast Du entfesselt, indem Du mir mit Deinen Memoiren drohst. Überlegst Du Dir denn gar nicht, dass keine Katze sich um ein solches Geschreibsel kümmern würde, wenn der Mann, mit dem Du es zu thun hast, nicht zufällig etwas Besonderes geleistet hätte? Wenn man eine Null ist, so ist nichts dagegen einzuwenden, aber man soll schön bescheiden sein und das Maul halten ...« (Oktober 1925; Mayo, 1996).

Du bist gestorben Sommertagsgesicht
Ich lebe, dass ich trauern mag; verzeih.

Gertrud Kolmar

Ironie des Schicksals: An seinem 21. Geburtstag hatte Tete seinen ersten psychotischen Anfall. Anstatt unabhängig zu werden, brauchte er seine Mutter jetzt mehr denn je.

Ich kann mich nicht einmal loslösen von diesem elenden Leben, sagte Mileva vor sich hin. Ich kann nicht einmal gehen. Gibt es denn überhaupt keine psychische Gerechtigkeit auf dieser Welt? Tete, wieso willst du mich am Leben halten? Habe ich nicht genug durchgemacht? Bin ich nicht alt genug – über fünfzig Jahre – ist das nicht ein gutes Alter, um zu gehen? Warum tust du mir das an? Um was geht es dir? Tete, weißt du überhaupt, um was es dir geht?

Mileva hatte in den Jahren vor und nach der Scheidung schwer gekämpft. Sie hatte nie genug Geld, Alberts Unterhaltszahlungen reichten nicht. Sie waren arm, aber Mileva war zu stolz, um ihren Vater um Geld zu bitten.

Ihr Briefwechsel mit Albert ging um die Kinder. So sehr sie ihm einen echten Brief schreiben wollte und von ihm über sein echtes Leben hören wollte, sie war zu stolz, über sich zu schreiben und über ihn zu fragen. Er hatte sich gegen sie entschieden, sie und die Kinder aufgegeben, im Stich gelassen, ausgesetzt, gegen eine andere Frau, eine andere Familie eingetauscht. Wenn er seine Kinder geliebt hätte, wäre er bei ihnen gewesen, hätte sie aufwachsen sehen, hätte sie getröstet, beschützt, gelobt, wäre stolz auf sie gewesen.

Ab und zu erreichte sie eine Neuigkeit – ein Telegramm, das Albert an einen Kongress geschickt hatte und das in der Zeitung nachgedruckt wurde, eine Warnung oder eine Grußbotschaft. Was immer es war, es klang immer dem Anlass entsprechend human. Sie lächelte. Warum ging er nicht mit der wahren Geschichte an die Öffentlichkeit? Aber er hatte viele Seiten – alle seine Seiten waren wahr. Und er drehte sich wie ein Blatt im Wind.

Erinnerung, Liebe, die niemals stirbt
mit einem Zauber, fast in Traum versunken
Liebe, die niemals stirbt,
in einen Tag erwachend

Juan Ramón Jiménez

Es gibt im Leben so schwere Schläge … ich kann's nicht verstehn.

César Vallejo

1955

Albert lebte sieben Jahre länger als Mileva; Tete musste noch 17 Jahre nach dem Tod seiner Mutter weiterleben. Tete, der als Kind gefragt hatte: »Gell, Mami, wir wissen nicht, wer zuerst stirbt«, als ihm klar wurde, dass seine Mutter älter war als sein Vater. Er hatte kaum Besucher im Burghölzli, sein Vater kam nie, sein Vater, der schon 1944 aufgehört hatte, ihm zu schreiben. Manchmal brach er durch seine Dunkelheit und sah die Welt mit klaren Augen: die Ärzte, die Herablassung, die Reglementierung, die Mitpatienten. Dann fragte er nach seiner Mutter, seinem Bruder, seinem Vater und erfuhr, dass seine Mutter schon sieben Jahre tot war, sein Bruder in Kalifornien lebte, sein Vater in Princeton. Er reagierte nicht auf die Information. Möchtest du einen Brief schreiben?, fragte ihn ein Arzt. Er antwortete nicht und sprach tagelang kein Wort mehr.

Es gibt im Leben so schwere Schläge ... ich kann's nicht verstehn.

Fall nicht aus meinem Arme,
Schlaf eng geschmiegt an mich.

Gabriela Mistral

Eines Tages ließen sie Tete allein zum Friedhof Nordheim gehen, nachdem er jahrelang gehorsam und harmlos gewesen war. Er suchte und suchte nach dem Grab seiner Mutter. Er ging an den kleinen Grabsteinen für Kinder vorbei, an den großen pompösen Familienmonumenten, er schaute jede Inschrift an, bis er endlich den Namen seiner Mutter fand: Mileva Einstein, geb. Marity, 1897-1948.
Er starrte auf das Grab, keine einzige Blume, nur Wintergrün, die billigste Bepflanzung, die es gab, sie macht keine Arbeit. Der Grabstein seiner Mutter zerfiel schon, er zerfiel vor seinen Augen. Er warf sich auf das Grab und begann das Wintergrün herauszureißen. Er grub mit bloßen Händen die Erde auf. Wie ein Verrückter öffnete er das Grab und wollte den Sarg ausgraben.
Wer hatte sie beerdigt? Er war nicht dabei. Wer hatte sie beerdigt? Sein Bruder? Sein Vater? Er wollte seine Mutter beerdigen. Sie muss von einem von uns beerdigt werden, von einem von uns dreien. Ich muss sie beerdigen mit Blumen und Vögeln und Käfern und Schmetterlingen – und Geigenspiel. Wo bist du, Vater, schrie er, du grausamer Zigeuner du, komm, spiel auf deiner Fiedel. Komm aus deinem Puff, deinem Hurenhaus, wo du herumhängst und dir Syphilis holst, komm aus deinen amerikanischen Slums, deinen Opiumhöhlen, wo du dich vor uns versteckst, lass deine Huren und spiel deine Fiedel, dass wir sie beerdigen können, wie es sich gehört, in allen Ehren – deine Frau, meine Mutter.

Er schluchzte, er schluchzte und schrie. Er schrie, bis er vor Erschöpfung zusammenbrach. Stunden später fand ihn ein Friedhofswärter und er wurde für weitere zehn Jahre der Isolation ins Burghölzli zurückgebracht, wo er am 25. Oktober 1965 starb.
Seine Todesanzeige ist unterzeichnet von seinem Bruder und von der Stieftochter Einsteins, Margot Einstein:
»In der vergangenen Nacht durfte unser lieber Eduard Einstein, Sohn des verstorbenen Professors Albert Einstein, nach langem, schwerem Leiden in seinem 56. Altersjahr heimgehen.«

Meine Mutter
War sie der große Engel,
Der neben mir ging?

Oder liegt meine Mutter begraben
Unter dem Himmel von Rauch –
Nie blüht es blau über ihrem Tode.

Wenn meine Augen doch hell schienen
Und ihr Licht brächten.

Wäre mein Lächeln nicht versunken im Antlitz,
Ich würde es über ihr Grab hängen.

Aber ich weiß einen Stern,
Auf dem immer Tag ist;
Den will ich über ihre Erde tragen.

Ich werde jetzt immer ganz allein sein
Wie der große Engel,
Der neben mir ging.

Else Lasker-Schüler

Ich widmete Mileva Einstein-Marić einen Stein im Frauen-Gedenk-Labyrinth, darauf ist eingraviert:

Mileva Einstein-Marić

serbische Mathematikerin und Physikerin

1875-1948

Siehe:

Buch der 1000 Frauen, hg. von Dagmar v. Garnier, 2 Bde., Rüsselsheim: Christel Göttert Verlag

www.fembio.org: Mileva Einstein-Marić

Sie arbeitete – er war das Genie: Sophie Taeuber-Arp

Sophie Taeuber-Arp schneidet die Blumen in ihrem Garten und bringt den großen Strauß zu einem Freund, »damit sie nicht sterben.« Dann verlässt sie ihr Haus in Meudon in der Nähe von Paris, wo Hitlers Soldaten soeben eingezogen sind. Sie ist 51 Jahre alt, im Sommer 1940.

Sophie Taeuber-Arp überlässt ihr Gästezimmer im Haus von Max Bill in Zürich ihrem Mann, als er von einer Reise zurückkehrt, und schläft im kalten »Gartenzimmer«, wo sie einen Ofen heizt und über Nacht an den Gasen stirbt. Es war Januar 1943; sie war 53 Jahre alt.

Ich sehe sie mit dem großen bunten Sommerstrauß in den Armen, während Schmetterlinge sie umfliegen, wie sie Abschied nimmt von ihrem Haus in Frankreich, das sie selbst entworfen und – von ein paar Rietveld- und Mies-van-der-Rohe-Stühlen abgesehen – mit eigenen, von ihr entworfenen und gebauten minimalistischen Möbeln eingerichtet hatte, wie sie Abschied nimmt von ihrem Atelier im obersten Stockwerk, von ihren Bildern mit den poetischen Titeln: Sommerlinien, Passion der Linien, verlorene Linien, zuletzt von ihrem Garten, seinen Quadraten, seinen Farben, und das Wichtigste retten will vor der Vernichtung: ihre Blumen.

Ich sehe sie wenig später, selbst fragil wie eine Blume, krank und erholungsbedürftig in die Schweiz kommen, bei Bill arbeitend, auch und vor allem für ihren Mann, Drucke und Abzüge signierend, datierend – auch sie war EIN Stein mit ihm – abgebrochen über Nacht, abgerissen die bunten Blütenblätter, abgefallen, hingeworfen, eingegangen.

Rosen

Wenn erst die Rosen verrinnen
aus Vasen oder vom Strauch
und ihr Entblättern beginnen
fallen die Tränen auch.

Traum von der Stunden Dauer,
Wechsel und Wiederbeginn,
Traum – vor der Tiefe der Trauer:
blättern die Rosen hin.

Traum von der Stunden Steigen
aller ins Auferstehn,
Wahn – vor dem Fallen, dem Schweigen:
wenn die Rosen vergehn.

Gottfried Benn

23 Jahre lebt Hans Arp nach dem Tod seiner Frau; nach einem Jahr sucht er sich eine neue Gefährtin – auch sie wartete schon in den Kulissen –, die ihren Rücken hinhält, damit er seine Einfälle notieren kann auf dem Spaziergang.

Sind diese Todesarten Zufall?
Der vermeidbare Tod bei Sophie Taeuber-Arp wie auch bei Paula Modersohn-Becker.
Zufall oder Tragik?
Oder eine Art Bestimmung?
Hergestelltes Schicksal?

Tod durch Verbrennen
Tod durch Feuer
Tod durch Vernachlässigung

Zelda Sayre Fitzgerald
Barbara Hepworth
Ingeborg Bachmann

Ingeborg Bachmann, für die der Faschismus in den Beziehungen zwischen Frau und Mann anfing, für die das Leben eine ungeheure Kränkung war, die sagte: »Man stirbt ja auch nicht wirklich an Krankheiten. Man stirbt an dem, was mit einem angerichtet wird.« (Bachmann, S. 110)

Ein Frauenleben so wenig wert, dass es nicht besonders geschützt werden muss. Das Wenigste reicht, ein Gartenzimmer im Januar. Keiner der Künstler-Männer, weder der Gastgeber Bill noch Arp, der eigene Mann, heizte es ihr vor, keiner fand es nötig, nach ihr zu sehen in der Nacht – keiner rettete sie vor der Vernichtung.

Erstickungstod.
Kohlenmonoxyd. Gas.
Die Männer schliefen in der Wärme. Geschützt.

So lieblos ihre Männer.
So geschützt.

Männer suchen sich schnell neue Beschützerinnen; auch Otto Modersohn heiratete innerhalb eines Jahres nach Paula Modersohn-Beckers plötzlichem Tod eine neue Frau, seine dritte. Es findet sich immer eine neue Frau – es gibt sie wie Sand am Meer.

Unterlassener Schutz der proklamierten Frauenbeschützer, unterlassene Sorge um ihre Frauen, die Künstlerinnen, sie als Künstlerinnen zu schützen vor frühem Tod, wenn schon nicht als Ehefrauen. Das Eingehen der Künstlerinnen und das Eingehen der Frauen. Das Eingehenlassen der Künstlerinnen, ihrer Kreativität, ihrer Arbeit, ihrer Kunst. Schutzlos. Ausgeliefert. Ihr Künstlerinnenleben so angreifbar, zerbrechlich, dem Zufall ausgesetzt, verwundbar, nackt.

Nackt wurde Ana Mendieta, die kubanische Künstlerin – und Frau des US-amerikanischen Bildhauers Carl Andre, gefunden, nackt aus dem Fenster gestürzt, 23 Stockwerke in die Tiefe. Andre war in der Wohnung. Sie wollte sich von ihm trennen. Sie war 36 Jahre alt.

Ana Mendieta, 1948-1985.

Frau stirbt ja auch nicht wirklich an Krankheiten. Frau stirbt an dem, was mit ihr angerichtet wird.

Frida Kahlo: »Ich hoffe, der Abschied ist freudvoll, und ich hoffe, ich komme nie mehr zurück.«
Frida Kahlo starb 1954, 47-jährig. Ihr letztes Gemälde, eine aufgeschnittene Wassermelone, ist betitelt: *Viva la Vida*.
Diego Rivera starb drei Jahre nach ihr.
Erst nachdem sie tot war, »verstand er die Kraft ihrer Liebe.«

Zu spät, Diego.
Kein Requiem.
Jedoch auch er ein Schwätzer.

Greer schreibt in *Obstacle Race:*
»In her painting, which remained steadfastly independent of her hus-

band's style, strongly rooted in peasant and votive art, she worked out the drama of her love for a man who was incapable of any such feeling, a love which remained generous and constant through all her physical pain, her despairing miscarriages and Rivera's infidelities, a divorce and a remarriage. It was a love not unmixed with hostility and contempt, but it was the central reality of her life. In the intensity and sharp irony of her depiction of her battered existence, Frida Kahlo showed an honesty which wears better than her husband's rhetoric.« (Greer, S. 52)

»In ihrer Malerei, die auf beständige Weise vom Stil ihres Mannes unabhängig blieb, ... bearbeitete sie das Drama ihrer Liebe zu einem Mann, der zu einem solchen Gefühl unfähig war, ihrer Liebe, die großzügig war und andauerte durch all ihre körperlichen Schmerzen hindurch, ihre verzweifelten Fehlgeburten und Riveras wiederholte Untreue, durch eine Scheidung und eine Wiederverheiratung hindurch. Es war eine Liebe, die auch mit Hostilität und Verachtung gemischt war, aber die die zentrale Realität ihres Lebens war. In der Intensität und der scharfen Ironie ihrer Bilder von ihrer zerstörten Existenz zeigte Frida Kahlo eine Ehrlichkeit, die länger Bestand hat als die abgetragene Rhetorik ihres Mannes.« (übers. von S.T.-P.)

Amo ergo sum, gilt auch für sie.
Zu spät, Diego.

So lieblos ihre Männer, mit Schutz geizend, mit Lob geizend, mit Unterstützung geizend.

Wie sich die Frauen freuten über das seltene Lob:
In Paris trifft Paula Modersohn-Becker im Frühjahr 1906, eineinhalb Jahre vor ihrem Tod, Bernhard Hoetger, wagt nicht, ihm zu sagen, dass sie malt, erwähnt es versehentlich beim zweiten Treffen. Als Hoetger

ihre Arbeiten sieht – wie gut, dass er so viel Interesse zeigte –, gibt er positive Kritik. Paula Modersohn-Becker dankt ihm dafür mit einer Überschwänglichkeit, die zeigt, wie ausgehungert sie ist nach Bestätigung, Anerkennung, Lob:
»Sie haben mir Wunderbares gegeben. Sie haben mich selber mir gegeben. Ich habe Mut bekommen ... Sie sind mir ein großer Geber. Ich fange jetzt auch an zu glauben, dass etwas aus mir wird ...«
(von Reinken, S. 114)

Ganz ähnlich muss es Sophie Taeuber-Arp ergangen sein, als Michel Seuphor unerwartet ihr Atelier betrat – wie gut, dass er sich die Mühe machte und nicht im ersten Stock bei Arp steckenblieb – und ihre Bilder entdeckte. Er lud sie sofort ein, an der von ihm geplanten Ausstellung *Cercle et Carré* teilzunehmen, die dann 1930 in Paris stattfand. »Sie war glücklich wie ein kleines sechsjähriges Mädchen, sagte er.« (Mair, S. 148)

Zwei Künstlerinnen, die dürsteten und die MANN, die Worpsweder Künstler wie die zahllosen Künstler um Arp, dürsten ließ nach Interesse, Echo, Lob, von Bewunderung und Verehrung ganz zu schweigen. Das alles aber erhielten ihre Männer selbstverständlich und nahmen es selbstverständlich entgegen – ihnen stand es zu.

Aber nach ihrem Tod entdeckt Otto Modersohn das große Werk seiner Frau und verkauft und verkauft und profitiert von ihr bis zu seinem Lebensende.

Auch Arp sieht sich nach ihrem Tod das Werk seiner Frau genauer an und inkorporiert es in seine neuen Arbeiten. Er verleibt sich ihre Kunst ein, macht sie zu seiner, nimmt sie als Ausgangspunkt und Anregung, benutzt sie ganz so, als wäre sie seine eigene, und zeigt sie unter seinem Namen – er ist das Genie. Schon als Sophie Taeuber-Arp noch lebte, vertrat Hans Arp die Ansicht, niemand solle erkennen, was von wem ist.

Seine Frau war einverstanden und signierte ihre Arbeiten nicht mehr. Erst später, ab 1940, drei Jahre vor ihrem Tod, begann sie wieder zu signieren. (Mair, S. 185)

Sind das alles Zufälle oder sind da Zusammenhänge, Verbindungslinien, Bedingungen, Erwartungen, Duldungen, dass Männer so narzisstisch werden können – Arp: »An was soll ich sonst denken als an mich selbst?« (Mair, S. 192) – so rücksichtslos egoistisch? Hans Arp entzog sich, Sophie Taeuber-Arp war für den Lebensunterhalt, für den Alltag, auch für seine Arbeit zuständig. Er war das Genie – sie die talentierte Frau, nicht mehr. Wenigstens das.
»Sie war es, die den Alltag organisierte. Damit ihn nichts belastete, dass er frei sein konnte, für seine Ideen, für seine Arbeit. Überall und jederzeit.« (Mair, S. 185)
Sie arbeitete – er war das Genie.

Anklänge an Mileva Einstein-Marić und Albert Einstein, auch er, da ähnlich »lebensunfähig«, befreit von Alltagslast, Kinderlast, Umzugslast, jeglicher Last, auf Kosten seiner Frau.

Mair schreibt über Sophie Taeuber-Arp: »Sie war es, die nach wie vor seine Ideen ins Machbare übertrug, die Web- und Stickereiarbeiten ausführte, die Druckstöcke schnitt, die Konstruktionszeichnungen für die Skulpturen anfertigte. Er war das Genie.« (Mair, S. 118)

»Vieles war es, das sie für ihn erledigte, schließlich auch seine Schreibarbeiten ... Er brauchte nur noch zu unterschreiben: ›Lieber Tzara, herzliche Grüße, Arp‹. Er war das Genie.« (Mair, S. 120)

»Es fanden sich immer Menschen, die bereit waren, für ihn zu arbeiten. Auch andere.« (Mair, S. 192)

Sie arbeiteten – er war das Genie.

Anklänge an Mileva Einstein-Marić und Albert Einstein, der sich andere Arbeitspartner suchte in dem Moment, wo sie nicht oder nicht mehr präsent war.

Und Erwartungen, Konditionierungen, dass Frauen in den Hintergrund treten.
»Auch in Meudon hatte man viele Gäste. Tagtäglich kamen sie. Hans Arp lud unermüdlich ein. Zum Tee, in sein Atelier, um seine Arbeiten zu zeigen. Sophie Taeuber-Arp war eine perfekte Gastgeberin. Sie trat nie in den Vordergrund. Es war wie eine unausgesprochene Vereinbarung, fast wie ein Spiel zwischen ihnen beiden, dieses Zurücktreten in den Hintergrund, das Sich-Zurücknehmen in dem Moment, in dem Hans Arp die Führung übernahm, wenn viele Menschen zugegen waren.« (Mair, S. 147)

Sophie Taeuber-Arp kann so perfekt in den Hintergrund treten wie Mileva Einstein-Marić, die bei den Treffen der »Akademie Olympia« in einer Zimmerecke saß. Dafür werden beide Frauen noch heute gelobt: ihre Bescheidenheit, ihre Zurückhaltung.

Bescheidenheit ist zu wissen, wer der Mann ist.
Bescheidenheit ist zu wissen, wer das Genie ist.

Sie wissen beide, wer das Genie ist, und zollen ihm Anerkennung, indem sie dem Genie den Vordergrund überlassen. Wehe, wenn sie es vergessen sollten, selbst etwas sein und sagen wollten, wie ein einziges Mal in ihrem Leben Mileva Einstein-Marić. Sie wollte ihre Memoiren schreiben, nicht aus Unbescheidenheit oder gar Überheblichkeit heraus, nein, nur um Geld zu verdienen, und fragte, wie es sich gehört, auch noch für eine längst geschiedene Frau, Albert um Erlaubnis. Seine

Antwort, sie solle das Maul halten, ließ sie in alter Bescheidenheit wieder verstummen:

»Meine Heiterkeit aber hast Du entfesselt, indem Du mir mit Deinen Memoiren drohst. Überlegst Du Dir denn gar nicht, dass keine Katze sich um ein solches Geschreibsel kümmern würde, wenn der Mann, mit dem Du es zu tun hast, nicht zufällig etwas Besonderes geleistet hätte? Wenn man eine Null ist, so ist nichts dagegen einzuwenden, aber man soll schön bescheiden sein und das Maul halten. Das rate ich Dir ...« (Okt. 1925; Mayo, 1996).

Bescheidenheit heißt, Redeverbote zu verstehen und einzuhalten.

Sie verstand das Redeverbot.

Ihre Männer weisen einige Ähnlichkeiten auf, die ins Auge springen: die dialogische Persönlichkeit und die extreme Bindungslosigkeit. Von Arp sagt Mair, »dass er sich erst im Dialogischen richtig entfalten konnte« (S. 185), dass »Sprechen ihm eine existentielle Notwendigkeit war.« (S. 209) Wieder und wieder ließ er seine Frau allein und suchte Freunde auf zum Austausch, ohne den er nicht leben konnte. Auch am Tag vor dem Tod seiner Frau kam er von so einer Reise zurück.

Ich kenn meine Wunden
Sie sind schon Narben
Und tun doch weh
Ich will vergessen
Dass du gegangen bist
Glauben, dass morgen
Blumen wachsen.

Luisa Famos

Ebenso war Einstein auf seine Freunde angewiesen; im Dialog mit ihnen erarbeitete er Ergebnisse. Wichtigste Dialogpartnerin war für beide Männer ihre Frau. So hatten sie bewusst oder unbewusst ihre Wahl einer Partnerin getroffen – eine Frau in ihrem Gebiet, mit der sie zusammenarbeiten konnten.

Albert an Mileva am 28.12.1901:
»Bis Du mein liebes Weiberl bist, wollen wir recht eifrig zusammen wissenschaftlich arbeiten, dass wir keine alten Philistersleut werden, gellst. Meine Schwester kam mir so philiströs vor. Das darfst Du mir ja nie werden, es wäre mir schrecklich. Du musst immer meine Hex bleiben und mein Gassenbub.«

Eine Frau, die sie ergänzte mit wünschenswerten Eigenschaften wie Klarheit, Bestimmtheit, Beständigkeit, Konzentrationsfähigkeit, Durchhaltevermögen, Arbeitsethos, mit einem Blick für das Wesentliche und mit Lebenstüchtigkeit. Und zudem eine Frau, die sich anpasste, ihr »Frauenlos« akzeptierte und erfüllte – und nicht aufmuckte.

Neben ihrer Frau der Austausch mit zahlreichen Freunden – Arp hielt es nicht allein aus, floh gleichsam zu Freunden und wahrscheinlich Geliebten; Einsteins Geliebte sind bekannt – beide Männer brauchten Bestätigung von anderen, Bewunderung, Anbetung, flatterten von einem zur anderen, sodass mit der Angewiesenheit auf Austausch eine Bindungslosigkeit einhergeht. Sie gehörten niemandem, keinem Menschen, keinem Land. Arp wechselte Menschen – Einstein wechselte Frauen und Geliebte. Beide wechselten Staatsangehörigkeiten und Länder. Mehr noch wie Einstein wechselte Arp Orte – er hielt es an keinem Ort lange aus.
»Er selbst gehörte überall hin. Und nirgendwo.« (Mair, S. 122)

War Franzose, distanzierte sich von Frankreich, war frankophil und versuchte, wieder Franzose zu werden, ohne Erfolg, versuchte, Schweizer zu werden, seine Einbürgerung wurde immer wieder abgelehnt, einmal mit der Begründung: er spinne. Auch dass er sich von seiner Frau aushalten ließ, machte in der Schweiz einen schlechten Eindruck. Deutscher wollte er nicht werden, die Menschen seien ihm zu fremd (er war aus Straßburg), aber das hinderte ihn nicht, immer wieder Deutschland zu besuchen und in der Schweiz mit einem Pro-Nazi-Sammler zu verkehren.
Auch Einstein definierte sich als Einsamer und Fremder ohne Zugehörigkeitsgefühl, wenn er auch immer dazugehörte. Und heute wird er gar als Wanderer zwischen den wissenschaftlichen Welten stilisiert. Eine ähnliche Metapher könnte für Arp konstruiert werden: Wanderer von einer künstlerischen Gruppierung zur nächsten. In beiden Fällen bietet sich das Modell »Wanderer zwischen den Welten« zur Erklärung wissenschaftlicher und künstlerischer Kreativität an. Ihre Frauen miteinzubeziehen in den kreativen Prozess, wäre zu einfach – und naheliegend.
Obwohl die Wertschätzung der beiden Männer für ihre Frauen schriftlich vorliegt:
»Es war Sophie Taeuber, die mir durch das Beispiel ihrer klaren Arbeit und ihres klaren Lebens den rechten Weg zeigte«, schrieb Arp in seinen Erinnerungen 1955.
Und Einstein (unverbürgt): »Sie ist mein Schutzengel im Leben und mehr noch in der Wissenschaft.«
Verbürgt am 3.10.1900: »Wie glücklich bin ich, dass ich in Dir eine ebenbürtige Kreatur gefunden habe, die gleich kräftig und selbständig ist, wie ich selbst.«

Das Genie ihrer Frauen aber bietet sich nicht an zur Erklärung der Kreativität der Männer. Und wird auch nicht herangezogen, wenn die hohe Produktivität von Einstein im Jahr 1905 nicht erklärbar ist. Lieber wird das Jahr annus mirabilis getauft, ganz katholisch.

Unser gängiges Verständnis von Kreativität ist nun einmal: EinER im Paar ist DER Kreative, ist der Wissenschaftler, der Künstler, die andere macht die Arbeit.
Der männliche Kreativitätsmythos lässt geniale Frauen nicht zu.

»Eine geniale Frau? Gleich fröstelt einen der Rücken. Unheilbare Krankheit. Eine Art Elefantiasis.« (*Julius Meier-Graefe,* zit. nach Berger, 1982/86, S. 312)

Obwohl die Zusammenarbeit und gemeinsame Arbeit bei Sophie Taeuber-Arp anerkannt und verbucht ist:
Mair erwähnt die Duo-Plastiken, die sie gemeinsam schufen, und fragt: »Wer machte den Anfang in diesen gemeinsamen Arbeiten? Wer setzte sie fort, wer vollendete, was nur vage begann?«

Trotzdem geht die Geschichte ähnlich mit beiden Frauen um: Mileva Einstein-Marić, wenn sie nicht überhaupt vergessen wird in den Einstein-Biographien und mit »seiner Frau« Einsteins zweite Frau gemeint ist, so als hätte es nur eine gegeben, ist nicht mehr als Ehefrau. Sophie Taeuber-Arp wird zur Gefährtin. Auch sie wird in einer Arp-Biographie nicht als eigenständige Künstlerin erwähnt und kommt in der ganzen Biographie gerade zweimal vor. Beide Frauen werden, wenn überhaupt positiv gesehen, dann für ihre bescheidene, selbstlose Art, ihre selbstlose Liebe gelobt; ihr kluges Schweigen wird umdefiniert zur Schüchternheit. Und beide Frauen werden durch ihre überlebenden Männer ein für allemal charakterisiert – ihre Männer haben als die einschlägigen Biographen das letzte Wort darüber, wie ihre Frauen »wirklich« waren: So kommen reine Märchen zustande.

Mileva Einstein-Marić war sieben Jahre nach ihrem Tod – über 40 Jahre, nachdem er sie verlassen hatte – für ihren Exmann so hässlich, wie nur

eifersüchtige Weiber hässlich sein können. Er schrieb an die möglicherweise von ihm gezeugte Tochter einer früheren Geliebten.
Sophie Taeuber-Arp wurde zu einer, die ihre Arbeiten weder ausstellen noch veröffentlichen wollte – wie praktisch. Mair schildert die »Geschichtsschreibung« durch den Biographen Arp so:
»Vorab war es Hans Arp, der die Metamorphose Sophie Taeubers in Gang brachte, der die Legenden liebte, der selbst Geschichten schrieb und Märlein ... Alles wurde für ihn verfügbar. Die reale Erinnerung gleichermaßen wie die Welt des Traumes. Sie wurden eins wie ihre und seine Arbeiten eins wurden.«

Natürlich unter seinem Namen.

EIN Arp wie EINStein.

Es bleiben Ähnlichkeiten der beiden Frauen, die berühren.

Sie waren nachdenkliche, ernste Frauen, sie waren ruhig, still, sie waren zuverlässige, anständige, integre Frauen.

Sie ließen sich einfangen von zwei bunten Männern, die ihnen Zweisamkeit versprachen, gemeinsame Arbeit, gemeinsames Leben vorgaukelten, die ihnen Dialog schenkten, in dem sie meinten, sich selbst zu finden, die ihre Seelen zum Klingen brachten. Mair, die auch die Einsamkeit von Sophie Taeuber sieht, schreibt:
»Nun hat sie diesen Austausch erfahren, im persönlichsten Dialog das eigene Ich erst wirklich zu begründen. Austausch, das hieß denn auch, sich selbst einzubringen. Und das war ihre Präsenz, ihre Ruhe und Sicherheit, auch all das zu tun, wofür Hans Arp mit seiner Fülle von Ideen nicht imstande war: Schritt für Schritt seinen Ideen die Realität zu erobern. Und darüber hinaus das alltägliche Leben für ihn mitzutragen.

Für ihn verantwortlich zu sein, der sich allein, das fühlte sie, nicht in dieser Welt zurechtfand.« (Mair, S. 83)

Schritt für Schritt seinen Ideen die Realität zu erobern.
Wozu er nicht imstande war.
Seinen Ideen die Realität erobern.

War es das, was auch Mileva tat im Dialog mit Albert?
Seinen Ideen die Realität erobern.

Auch die Schwere ihres Lebens ist ihnen gemeinsam:
Sophie Taeuber-Arp liebt Kinder, ist aber kinderlos.
Mileva Einstein-Marić trägt am Schicksal zweier ihrer Kinder, der Tochter und des jüngsten Sohnes, ein Leben lang.
Beide Frauen erleben zwei Weltkriege hautnah: leben im Ausland, ihre Familien in anderen Ländern, Milevas Bruder in Russland verschollen, Sophie auf der Flucht, beide hungern, Sophie ist so unterernährt, dass sie »leicht wie ein Schmetterling wirkt.« (Mair, S. 188)
Milevas Zusammenbruch und jahrelange Krankheit nach dem Ehebruch ihres Mannes und der ihr aufgezwungenen Trennung.

Abschied

Du gingst
Hin zu den Horizonten
Die sich kreuzen
Hin zu den Jahreszeiten
Hand in Hand
Du gingst
Ohne mich

Und doch
Bist du mir näher
Als die Sonne
Die meinen Körper wärmt
Als das Dunkel der Nacht
Das mich umfasst.

Luisa Famos

Sophies innere Trauer und Trostlosigkeit in den letzten Jahren – die Biographin Mair spricht dezent von einem Schatten, der sich über ihr Leben legt, und meint möglicherweise Ehebruch von Seiten Arps.

Verzweiflung

Gott will nicht, dass die Sonne
dir scheint, wenn nicht an meiner Seite.
Gott will nicht, dass du trinkst,
wenn ich nicht im Wasser zittere.
Er will nicht, dass du schläfst,
außer in meinem Haar.

Ich fließe von deiner Zunge,
auch wenn du eine andere nennst,
und ich brenne wie eine salzige
Lauge in deiner Kehle.
Und ob in Hass oder Sehnsucht,
wen du rufst: bin immer ich.

Gabriela Mistral

Beide Frauen sind am Ende ihres Lebens finanziell ungesichert und scheinen keine Lebenskraft mehr zu haben, keinen Lebenswillen, auch die um 20 Jahre jüngere Sophie Taeuber-Arp nicht.

Die Zeit heilt nicht alle Wunden.
Manche Wunden bleiben offen.
Bis zum Tod.

Nicht alle Schmerzen

Nicht alle Schmerzen sind heilbar,
Denn manche schleichen
Sich tiefer und tiefer ins Herz hinein,
Und während Tage und Jahre verstreichen,
Werden wie Stein.

Du sprichst und lachst, wie wenn nichts wäre,
Sie scheinen zerronnen wie Schaum.
Doch spürst du ihre lastende Schwere
Bis in den Traum.

Der Frühling kommt wieder mit Wärme und Helle,
Die Welt wird ein Blütenmeer.
Aber in meinem Herzen ist eine Stelle,
Da blüht nichts mehr.

Ricarda Huch

Tod durch Vergessen: Marie Bashkirtseff, Marevna, Elena Luksch-Makowsky, Julie Wolfthorn, Teresa Feodorowna Ries, Ida Boy-Ed, Dora Hitz, Elsa Asenijeff, Vally Wygodzinski

»Wenn Frauen einmal ihre Männer und Kinder verlassen und die Gesellschaft toleriert das genau so, wie sie es bei Männern tut, und zwar sowohl auf der gesellschaftlichen Ebene wie auch rechtlich – wenn Frauen das alles erreicht haben, dann werden sie auch ein vergleichbar eindrucksvolles kreatives Werk entwickeln.«

Valie Export

Mileva Einstein-Marić, Studentin am Polytechnikum in Zürich, zweite Frau, die an der Abteilung VI A (Mathematik und Physik) ein volles Studium absolvierte. Heiratet Albert Einstein. Bringt drei seiner Kinder zur Welt, überlebt dreimal das Kindbett, wird von ihm betrogen, verlassen, mit den Kindern kurz vor dem Ersten Weltkrieg von Berlin nach Zürich abgeschoben, geschieden. Zieht seine zwei Söhne auf. Pflegt den schizophrenen Sohn. Stirbt.

Ihr Leben ist repräsentativ für das Leben vieler intellektueller, kreativer, genialer Frauen ihrer Zeit. Ihr Scheitern wirft ein Licht darauf, wie der Kampf überhaupt beschaffen ist, was die Lebens- und Schaffensbedingungen sind, die Erfolgschancen, die Glücksfaktoren, die eintreten müssen – auch heute noch.

Mileva Einstein-Marić und die Künstlerinnen, die etwa um die gleiche Zeit geboren wurden, hatten ganz andere kreative Bedingungen als Valie

Export sie postuliert – für eine weit entfernte Zukunft allerdings. Bei den jungen Frauen von damals mit hoher künstlerischer Begabung fällt auf, wie schnell sie aus dem kulturellen Leben verschwinden und wie schnell ihre Namen vergessen sind. Nur selten wird hier gefragt, was sie uns hinterlassen hätten, wenn sie ein Leben, einfach ein Leben gehabt hätten anstatt einen

Tod durch Heirat
Tod durch Mutterschaft
Tod durch Kindbett
Tod durch Krankheit
Tod durch Verlassenwerden
Tod durch Ehebruch
Tod durch Scheidung.

Marie Bashkirtseff, die 16 Jahre vor Mileva Einstein-Marić geboren wurde, starb an Tuberkulose – sie war 25 Jahre alt. Ihr explizites Ziel war es, »etwas zu werden«, eine Malerin, ein Werk zu hinterlassen.
In der Tat hinterließ sie uns trotz ihres frühen Todes ein beachtliches Werk.

Sie wollte aus eigenen Kräften etwas sein, nicht durch den Ruhm eines Mannes.

Sie wollte einen Namen haben.
Weil sie die Beschränkungen für Frauen sah, wollte sie ein Mann sein.

1877, sieben Jahre vor ihrem Tod, 18-jährig, schrieb sie:

»Zu sterben, oh Gott, zu sterben, ohne etwas zurückgelassen zu haben! Zu sterben wie ein Hund!!! Zu sterben wie hunderttausend andere Frauen gestorben sind, deren Namen kaum auf dem Grabstein zu lesen sind.«

(Alle Zitate aus Berger, 1987)

1878, sechs Jahre vor ihrem Tod, 19-jährig:

»Und ich sehe nichts ... nichts als die Malerei. Würde ich eine große Malerin werden, so wäre dies ein Ausgleich des Geschickes.«

»Ich weiß, ich könnte etwas werden; aber was soll man machen in Unterröcken? Die Heirat ist die einzige Karriere der Weiber, die Männer haben sechsunddreißig Chancen, das Weib hat nur eine.«

1879, fünf Jahre vor ihrem Tod, 20-jährig:

»Ich beneide die Leute um ihre Freiheit, allein spazieren gehen zu dürfen, sich allein auf die Bänke des Gartens der Tuilerien und besonders des Luxembourg setzen zu dürfen und vor den Schauläden der Kunstanstalten stehen zu bleiben, in die Kirchen und Museen hineinzugehen und des Abends in den alten Straßen herumzulaufen. Ja, darum beneide ich sie, und das ist die Freiheit, ohne die man kein wahrer Künstler werden kann. Glaubt ihr vielleicht, man habe Nutzen von dem, was man sieht, wenn man immerfort in Begleitung ist, und wenn man, um in den Louvre zu gehen, auf den Wagen, auf seine Gesellschafterin oder seine Familie warten muss?«

»Die Weiber werden immer nur Weiber sein! Indessen ... wenn man sie genau so erzöge wie die Männer, so wäre die Ungleichheit, über welche ich klage, nicht vorhanden.«

1881, drei Jahre vor ihrem Tod, 22-jährig:

»Endlich bin ich wieder hier [in Paris, nach einer Russlandreise; S.T.-P.]. Hier ist das Leben. Ich bin ins Atelier gegangen. Man empfängt mich mit lauten Zurufen und Küssen.«

1884, ein halbes Jahr vor ihrem Tod, 25-jährig:

17. Mai – »Ich kehre aus dem Bois heim, und unterwegs traf ich B., welcher mir sagte, dass man bei dem Maler B. vom Salon gesprochen hätte, und dass einer bei dieser Gelegenheit gesagt hätte, mein Bild gliche den Bildern von Bastien-Lepage. .... ICH BRINGE SECHS JAHRE, DIE SECHS SCHÖNSTEN JAHRE MEINES LEBENS ZU, INDEM ICH WIE EIN GALEERENSTRÄFLING ARBEITE; ICH BEKOMME NIEMANDEN ZU SEHN UND GENIESSE MEIN LEBEN NICHT. NACH VERLAUF DIESER SECHS JAHRE BRINGE ICH ETWAS GUTES ZUSTANDE, UND NUN WAGT MAN ZU BEHAUPTEN, ICH HÄTTE NICHT SELBSTSTÄNDIG GEARBEITET.«

Fußnote: Hundert Jahre später ist das Problem noch das gleiche:

Dorothea Tanning über ihre Zeit mit Max Ernst:
»From the very start, ›they‹ were ready, eager and determined to spot his ›influence‹. Never underestimate this word. It is everywhere, favorite nib of the poverty-stricken pen.« (Tanning, S. 144)

»Von allem Anfang an waren ›sie‹ eifrigst bereit und entschlossen, seinen ›Einfluss‹ zu erkennen. Unterschätze dieses Wort nie! Es ist das Lieblingswort der mit geistiger Armut geschlagenen Feder.«
(übers. von S.T.-P.)

Sie beschreibt, wie sie einmal in einer Rezension ihrer Arbeit 23 Künstler zählte, die sie ›beeinflusst‹ hatten – sie stellte fest, sie war allen gleich verpflichtet, den Meistern des 19. und 20. Jahrhunderts, den italienischen, französischen, britischen und japanischen Meistern, 23 an der Zahl.

Françoise Gilot vermied bewusst das Problem, indem sie gleich zu malen aufhörte, als sie mit Picasso zusammenzog. Sie malte drei Jahre nicht.
Sie zeichnete.

Ingeborg Bachmann zählte 42 Vorbilder, die ihr von Kritikern vorgehalten wurden.

Auch bei Modersohn-Becker in der großen Kunstschau Worpswede wird »die Schulung an alten Meistern und an der französischen Avantgarde« betont. Noch 1906 wird ihr Apfelstillleben »als Cézanne zu sehr nachempfunden« von einer Jury abgelehnt.

Ende der Fußnote

Marie Bashkirtseff starb im Jahr 1884; sie war 25 Jahre alt.

Tod durch Krankheit.
Tod durch Vergessen.

Und wenn ich tot bin
Wer wird merken, dass ich nicht mehr bin?
Vielleicht die Sonne
Da ich ihre Strahlen
Nicht mehr pflücke
Vielleicht der Wind
Dem ich meine Geschichte
Nicht mehr erzähle
Nur jene, die mich verstanden,
Nur Sonne und Wind.

Luisa Famos

Marie Vorobieva, bekannt als *Marevna,* verschwand nach äußerst günstigem Anfang von der Kunstszene, obwohl sie bis zum Ende ihres Lebens malte.

Sie kam 17 Jahre nach Mileva Einstein-Marić zur Welt und studierte Malerei in Moskau. Sie ging nach Italien und dann nach Paris, wo sie in den Akademien malte. Modigliani, Picasso, Leger, Ehrenburg kannten sie, förderten sie und hielten sie für »ein begabtes Kind«. Diego Rivera schwängerte sie und ließ sie und ihr Baby in Paris zurück, als er nach Mexiko ging. Ende ihrer vielversprechenden Laufbahn. Beginn ihres Kampfes um schieres Überleben.

»Wenn Frauen einmal ihre Männer und Kinder verlassen und die Gesellschaft toleriert das genau so, wie sie es bei den Männern tut …«

1911, 19-jährig: »Eine Zeitlang dachte ich daran, Gorkis Stiefsohn Yura zu heiraten, der mich sehr liebte. Doch nach sechs traumhaften Wochen auf Capri stellte ich fest, dass ich keine Fortschritte in meiner Arbeit machte, und entschied, meine Studien in Paris fortzusetzen.«

(Dieses und alle folgenden Zitate aus Berger, 1987, S. 291-303)

1912, 20-jährig: »Ich hatte kein Verlangen nach Ehe und Kindern; der Gedanke, an eine Familie gefesselt zu sein, machte mir Angst. Ich sah darin einen Verlust meiner geliebten Freiheit und ein Hindernis für meine Arbeit, und meine Arbeit war mir wichtiger als alles andere. Trotzdem war es auch mir schließlich unmöglich, die Augen vor der Bedeutung der Liebe zu verschließen. Ich war alt genug und hatte keine Lust, eine alte Jungfrau zu werden [sie war 20!; S.T.-P.]; alles in mir sehnte sich nach jemandem, der mir Sicherheit geben und eine Frau aus mir machen würde – eine glückliche Frau, nicht die Sklavin eines Mannes. Und genau hier lag das Problem.«

1914, 22-jährig: »Immer wenn er eine Nacht mit mir verbrachte, holte ich des Morgens heiße Croissants, Milch und Zeitungen. Wir spielten verheiratet sein, und ich genoss es sehr – vermutlich, weil es nicht jeden Tag vorkam. Dann ging er nach Hause, um zu arbeiten, und ich fing ebenfalls an. ›Arbeite! Du musst arbeiten‹, pflegte er zu sagen ... Er erzählte mir, dass Apollinaire für den Erfolg von Marie Laurencin verantwortlich gewesen sei, und fügte hinzu: ›Das ist es, was du brauchst, einen Freund wie ihn. Ich selbst habe hier noch nicht genug Einfluss oder Autorität, um dir so zu helfen, wie es nötig wäre.‹ Ich sagte, es mache nichts, alles würde mir zufallen, falls ich weiter an seiner Seite arbeiten würde.«

Aufforderung

Im Erlenschatten, Liebste,
Im Erlenschatten nicht.

Unter der Pappel, ja
Dem Weiß und Grün der Pappel

Weißes Blatt du
Grünes Blatt ich

Rafael Alberti

»Das Schicksal schien mir zuzulächeln, endlich trug ich das Kind in mir, nach dem ich mich so lange gesehnt hatte. Wie groß war mein Vertrauen in die Zukunft! Ich glaubte an meine Stärke, meine Begabung, an Diegos Freundschaft und Liebe, an die Dauer seiner Zuneigung.«

»Ich arbeitete, weil Diego es sich nicht leisten konnte, mich zu unterstützen. Ich erwartete das nicht, noch wollte ich auf irgendetwas Anspruch erheben. Durch Boris Savinkov, der mich in seinem Büro anstellte, hatte ich Arbeit bekommen ... Er achtete darauf, dass ich mich nicht zu sehr ermüdete ...«
»In diesem Jahr stellte ich Gemälde im Salon d'Automne aus und war entschlossen, der Menge am Eröffnungstag Trotz zu bieten. Ich legte einen weiten Mantel ... um, was mir stand und meinen Zustand verbarg, und ging hin. Ich traf D., die mir erzählte, Diego sei nach Poitiers gegangen, um Studien zu machen ... Er hinterließ mir die Nachricht, dass er per Telegramm von der Geburt des Babys benachrichtigt werden wolle.

Die Menge, die Rempelei, die Nachricht, dass Diego vor seiner Verantwortung geflohen war (denn darum handelte es sich) – alles trug dazu bei, mich schwindelig zu machen, und plötzlich fühlte ich mich sehr schlecht. D. bestellte ein Taxi und fuhr mich in die Entbindungsanstalt Baudelocque am Boulevard de Port-Royal ... eine Küchenhilfe kam mit einer Karre vorbei: Ich habe nichts für dich, Kleine, du kamst ohne Anmeldung, und die Portionen sind alle reserviert ... las die Karte am Fuß meines Bettes und fing an, mich als Fremde zu beschimpfen, die bedürftige Französinnen um Bett und Verpflegung bringe ... Meine Tränen – Tränen der Erschöpfung, Demütigung und Einsamkeit ... Aber ich wusste, es war zu spät zum Weinen und für die Sorge um mich selbst. Von nun an durfte ich nur noch an mein Kind denken.
Mein Kind wurde am Abend des 13. Novembers geboren, an dem Tag, den Diego sich gewünscht hatte [sein Geburtstag; S.T.-P.]. Es war ein Mädchen: winzig.
›Ein kleiner Frosch‹, sagte der Doktor ...
Rivera kam am Tag nach der Geburt des Kindes. Er erreichte mein Bett nervös und verkrampft und versuchte ein Sträußchen hinter seinem Rücken zu verbergen ... Als ich diesen Riesen ansah mit seinem gewaltigen Hut und einem großen, bunten Stock, wie er zwischen all den Frauenbetten auf seinen Plattfüßen schwankte, fragte ich mich, welch seltsame Macht uns beide verbunden hatte.«

Und bald darauf
Ist der erste Schnee
Gekommen

Sanft deckt er
Die Büsche
Löscht meine Feuer
Weihrauch meines Opfers

Durch das Fenster
Sehe ich fallen
Flocke auf Flocke
Weiches Kosen

Alles ist erfüllt
Von beglückender Ruhe
Und Frieden

In meinem Arm
Halt ich mein Neugeborenes.

Luisa Famos

Diego versäumte es, die Vaterschaft anzuerkennen, und er vergaß, die Kosten für die Entbindung zu bezahlen. Während der zwei Jahre, die er noch in Paris verbrachte, ehe er endgültig nach Mexiko ging, war er unzuverlässig, manchmal gewalttätig, streitsüchtig, untreu, abwesend und dann plötzlich wieder leidenschaftlich oder liebevoll, auch zu seiner kleinen Tochter.

»Ich ließ ihn zu leicht fortgehen. In meinem tiefsten Herzen hoffte ich immer noch, dass eines Tages alles gut werden würde – ich zählte auf meine eigene Stärke und auf seine Liebe für mich. Hätte ich vorhersehen können, wie unglücklich meine Tochter sein würde, dann hätte ich – gleich was es kosten sollte – darauf bestanden, dass er sie anerkennen würde vor seiner Abreise. Wenn eine Liebe endet, kann man nichts tun, aber wenn man Kinder zurücklässt, muss man an ihr Schicksal denken, an ihre Zukunft. Marika war intelligent und sensibel – zu sensibel. Sie wuchs unter ständigem Geflüster auf: ›Sie hat keinen Vater ... ihre Mutter und ihr Vater haben nicht geheiratet ... ihr Vater hat sie nie als sein Kind anerkannt.‹ Obwohl ich alles versuchte und ihr erklärte, dass das unter KünstlERN ganz üblich sei, sah ich, wie ihre Wunde immer größer wurde, wie sie sich in sich selbst zurückzog und ihre Verletzung ihrem Vater und mir übelnahm.» (Marevna, S. 136-137)

Diego hatte vor seiner Abreise versprochen, Marevna und ihre Tochter nachzuholen, aber alsbald hörten die Briefe aus Mexiko auf. Marevna las in seinem letzten Brief zwischen den Zeilen:

»I can't work if I am not madly in love with a woman. As at the time when I met you and was like a madman (and it was reflected in my painting) so now I can devote myself entirely again to my work.« (Marevna, S. 137)

»Wenn ich nicht wild verliebt in eine Frau bin, kann ich nicht arbeiten. Wie zu der Zeit, als ich dich kennenlernte und wie ein Verrückter war (und das zeigte sich in meiner Arbeit), so kann ich mich auch jetzt wieder ganz meiner Arbeit widmen.« (übers. S.T.-P.)

Es war nicht mehr nötig, sie nachkommen zu lassen nach Mexiko. Er hatte sich in eine neue Frau verliebt, Lupe Marín, die er später heiratete.

When we two parted

When we two parted
In silence and tears,
Half broken-hearted
To sever for years

Als wir uns trennten
In Schweigen und Leid,
Brechenden Herzens
Für lange Zeit,
Bleich war die Wang' und kalt,
Kälter der Kuss, –
Wahrlich, mein Ahnen galt
Bitterem Schluss.

If I should meet thee
After long years,
How should I greet thee? –
With silence and tears.

Geheim, wie die Lust war,
Geheim ist der Schmerz,
Dass falsch deine Brust war
Und treulos dein Herz.
Und säh' ich dich wieder
Nach langer Zeit, –
Wie sollt' ich dich grüßen?
In Schweigen und Leid.

Byron

Von der Liebe zur Ernüchterung zum Verlassenwerden.
In sechs Jahren: 1915-1921.
Das ganze Spektrum.

Von: »Ich war jung, heiter, und ich glaubte an die große Liebe«
zu: »Es ist fast ein Gemeinplatz, dass man die Fehler des Mannes nicht dem Künstler anrechnen soll, aber … Zu viele Frauen – das ist, was ich ihm vorwerfe.« (Marevna, S. 138)

Tod durch Mutterschaft
Tod durch Untreue
Tod durch Verrat
Tod durch Verlassenwerden

Elena Luksch-Makowsky kam drei Jahre nach Mileva Einstein-Marić zur Welt und ging – ähnlich wie Marevna – als Künstlerin nach einem vielversprechenden Anfang unter.

Elena Makowsky stammte aus einer Künstlerfamilie und wurde schon mit 17 Schülerin von Ilja Repin in seinem Privatatelier. Mit 18 wurde sie in seine Meisterklasse an der Akademie in St. Petersburg zugelassen und stellte aus. Mit 20 ging sie an die Privatschule von Anton Ažbe in München und studierte mit Werefkin, Kandinsky und Jawlensky. Mit 22 stellte sie in der Wiener Sezession von 1900 aus.
Mit ihrer Heirat und dem Umzug von Wien nach Hamburg mit ihrem Mann, der dort seine Karriere verfolgte, und mit der Geburt von drei Kindern kam ein Bruch in ihr Leben, ganz wie bei Mileva Einstein-Marić. Zunächst noch innovative Gemälde, in die ihre Situation als Künstlerin und Mutter thematisch eingeht – als erste Malerin überhaupt zeigt sie eine Verarbeitung dieses Konfliktes, doch bald findet sie immer weniger Zeit zum Malen.
Ich lasse Stella Bowen, Malerin, die 1918 Ford Maddox Ford, Schriftsteller, heiratete, für Luksch-Makowsky sprechen:

»... durch die ganze Art meines Lebens war meine Malerei hoffnungslos behindert, denn ich lernte jetzt eine ganz andre Rolle: Gemahlin eines Künstlers zu sein. Obwohl Ford mich dauernd zum Malen drängte, hatte ich ganz einfach keine schöpferische Kraft übrig, wenn ich meine Pflichten ihm und Julie [Tochter; S.T.-P.] gegenüber getan hatte und von der Hausarbeit des Tages geschafft war ... er erkannte nicht, dass mein Leben eine völlig andere Richtung genommen hätte, wenn ich den bedingungslosen Willen zu malen gehabt hätte. Dann hätte ich nicht zur Verfügung gestanden, ihn während der Strapazen seiner täglichen Arbeit zu hätscheln, mit ihm zu gehen und zu reden, wann immer er wollte, und zwischen ihm und den Dingen zu stehen. Um einer Kunst nachzugehen, bedarf es mehr als der Zeit; es bedarf eines freien Geistes, um sie voranzubringen ... einem Mann, ob Schriftsteller oder Maler, gelang es immer, eine Frau zu finden, die für ihn sorgt und sein Leben erleichtert. Das ist nicht schwer, denn weibliche Ergebenheit überschwemmt den Markt, zumal in England. Eine berufstätige Frau findet dieses bequeme Polster nur selten, es sei denn, sie kann dafür bezahlen.« (Sauer, S. 197)

Elena Luksch-Makowsky, drei Kinder.

Scheidung – sie lebt allein mit drei Kindern, versucht, ihre Familie zu ernähren, erlebt die Härte der beiden Weltkriege, den Hunger, braucht alle Kraft zum Überleben.
Heute sind nur wenige der Gemälde von Luksch-Makowsky erhalten.

Tod durch Heirat
Tod durch Trennung
Tod durch Scheidung

Scheidung

Hab in einer sternlodernden Nacht
Den Mann neben mir ums Leben gebracht.
Und als sein girrendes Blut gen Morgen rann,
Blickte mich düster sein Schicksal an.

Else Lasker-Schüler

Wie Mileva Einstein-Marić und alle alleinstehenden Mütter erfüllte Luksch-Makowsky das traditionell männliche UND weibliche Arbeitspensum, während die Männer sich davonmachten.

Für die Frauen kamen immer zuerst ihre Kinder, zuerst kam das Überleben mit den Kindern.

Meine Mutter in einem Kleid aus Sonnenuntergang,
verwahrte ihre Jugend in einer tiefen Gitarre
und nur an manchen Nachmittagen zeigte sie uns Kindern
sie eingewickelt in Musik, in Licht und Worte.

Jorge Carrera Andrade

»Wenn Frauen einmal ihre Männer und Kinder verlassen und die Gesellschaft toleriert das genau so, wie sie es bei den Männern tut, ... dann werden sie auch ein vergleichbar eindrucksvolles kreatives Werk entwickeln.«

Tod durch Heirat
Tod durch Scheidung

Marevna und Luksch-Makowsky hatten ein langes Leben, starben vor 35 und 52 Jahren und sind heute vergessen.

Tod durch Vergessen

Julie Wolfthorn, vergessen.

»Ihr Name zu Unrecht fast vollkommen vergessen.« (Spitzmüller, S. 259)

Geboren 1864, Malerin, gehörte zu den angesehensten Berliner Künstlerinnen. Am 28. Oktober 1942 nach Theresienstadt deportiert – sie war 78 Jahre alt. Am 29. Dezember 1944 in Theresienstadt gestorben – sie war 80 Jahre alt.

»Ihr Name zu Unrecht fast vollkommen vergessen.«

Brief aus Rosen
ihr Duft
umarmt
meinen Atem

Brief aus Astern
herbstbuntes
Ade

Rose Ausländer

Julie Wolfthorn, 1864-1944
1864-1944, ein ganzes Leben.
1864-1944, was für ein Leben lag dazwischen?

Zitat: »Heutzutage ist das Werk von Julie Wolfthorn, soweit es von den Nationalsozialisten nicht zerstört wurde, kaum aufgearbeitet, und ihr Name ist zu Unrecht fast vollkommen vergessen.« (Spitzmüller, S. 259)

Vergessen: *Teresa Feodorowna Ries*

Sie lebte vielleicht genau während der Lebenszeit von Mileva Einstein-Marić, obwohl weder ihr Geburts- noch ihr Todesdatum bestätigt ist: Geboren zwischen 1874 und 1878 – gestorben 1948 oder 1949 oder 1947? Bildhauerin, von der Stefan Zweig 1902 sagte, sie könne für die Bildhauerei das werden, was Baudelaire für die Literatur sei – sie war damals zwischen 24 und 28 Jahre alt.
In Moskau wurde sie aus der Akademie ausgeschlossen, als sie einen Professor informierte, er sei für die Studierenden da und nicht die Studierenden für ihn.
»Ich versuchte alles, um Wiederaufnahme zu finden. Es nützte nichts; die Akademie blieb mir verschlossen. Meine Welt war für mich verloren.« (Berger 1987, S. 251) Sie ging nach Wien. Hellmer, Bildhauer und Professor an der Akademie, nahm sie als Privatschülerin auf, nachdem er eine Fotografie ihrer »Somnambulen« gesehen hatte. 1942 emigrierte sie in die Schweiz, ohne ihre Werke mitnehmen zu können, und starb einige Jahre später.

Tod durch Vergessen

Ida Boy-Ed

»Indem sie vergessen wurde, teilte sie das Schicksal vieler Schriftstellerinnen um 1900.« (Saxe, S. 215)

Ida Boy-Ed (1852-1928)

Ihre Spuren verschwunden, ihr Name und ihr Foto im Buddenbrookhaus aus der Reihe der Thomas-Mann-Vorbilder gelöscht – »Boy-Ed neben Fontane, Goethe, Heine, Nietzsche, Storm, Tolstoi und Zola zu zeigen, hat man wohl nachträglich als Stilbruch empfunden« (Saxe, S. 214) – ihre Portraits im städtischen Museum abgehängt, ein Zitat von ihr auf dem Burgtor-Friedhof kaum mehr zu entziffern, das Grabrelief mit ihrem Bild verwittert, ihre Spuren verwischt, ihr Name im Gegensatz zu dem des einstigen Eleven, für dessen erste Veröffentlichung sie sorgte, vergessen.

Ihr Vergessen hergestellt durch die Nachwelt: aktives Eingreifen, Minderbewertung weiblicher Schriftstellerinnen, Ignoranz und Desinteresse.

Ida Boy-Ed, Schriftstellerin.

Tod durch Abwertung
Tod durch Vergessen

Dora Hitz, zu Lebzeiten vergessen.

»Dora Hitz ist gestorben. Ganz einsam, 71-jährig«, schrieb Käthe Kollwitz. In Wirklichkeit war Dora Hitz bei ihrem Tod erst 68.

Dora Hitz, Malerin, anerkannt von der Kunstkritik, erfolgreich, Malerin, die in den besten Galerien und auf den wichtigsten Ausstellungen vertreten war, der »ein Platz in der Kunstgeschichte sicher schien.« (Bröhan, S. 191)

Am Ende ihres Lebens schreibt sie:

»Ich habe entschieden zu lange gelebt. Es ist alles unerfreulich deprimierend bis zur Trostlosigkeit und ekelhaft als Resultat eines Lebens für die Kunst.« (Bröhan, S. 192)

Tod durch Verzweiflung
Tod durch Vergessen

Elsa Asenijeff, Schriftstellerin, Lyrikerin, Philosophin, auch sie zu ihren Lebzeiten vergessen.

»Da wünschte sie nichts mehr und das Leben verwischte ihre Spur.« (Jorek, S. 72)

Nietzsche, der vertrat, dass der Mann sich ein Bild der Frau mache und die Frau sich nach seinem Bild forme, hielt sie entgegen:

Darin läge die Tragik im Bild der Frau, dass es ist, wie der Mann es geformt. »Denn da ist nichts mehr, wie es die Natur gewollt, sondern der zusammenhanglose Eigensinn des Mannes, in dessen Hand die öffentliche Macht ist, der sein ›So und Nicht-Anders‹ sprach.« (Jorek, S. 6)

»Wollt ihr eine Wissenschaft, so müsstet ihr sie euch selbst aus euch selbst schaffen. Ist nicht alle Wissenschaft aus der Zauberei der Sinne hervorgegangen? Lasst die euren sprechen und nicht die des Euch-Völlig-Verschiedenen, des Mannes.« (Jorek, S. 65)

14 Jahre lebte sie mit Max Klinger zusammen –
»Was wäre Klinger ohne mich gewesen all die Jahre ...« (Jorek, S. 57) –
dann wurde sie von einer jüngeren Frau, einem Modell Klingers,
abgelöst, die er heiratete.

Tod durch Verlassenwerden
Tod durch Trennung

Von 1923 bis zu ihrem Tod 1941 war Asenijeff gegen ihren Willen in verschiedenen Anstalten interniert. 18 Jahre lang. 18 Jahre nur, nicht 30 wie Camille Claudel von 1913 bis 1943.

Eingesperrt die denkende, kreative, autonome Frau.
Ihre Ideen, ihre Bücher, ihre Leistung vergessen.

Tod durch Einkerkern
Tod durch Vergessen

Vally Wygodzinski

Zwei Jahre vor Mileva Einstein-Marić geboren und an Typhus gestorben, im Alter von 31 – wie Paula Modersohn-Becker. Wir haben keine Gemälde oder Zeichnungen von ihr, ihre Schriften wurden auszugsweise von ihrem Mann 1910 herausgegeben unter dem Titel:
Im Kampf um die Kunst.

Wie Bashkirtseff, wie Marevna, wie Luksch-Makowski, wie Wolfthorn, wie Ries wusste auch Wygodzinski früh, zutiefst und unverrückbar, dass die Kunst ihre Berufung ist.

Mit 22, in München: »... Ich fühle, wie ich es noch nie gefühlt habe, dass ich eine Malerin und hoffentlich auch Künstlerin bin. Und in mir fühle ich ein Klingen lauter nie gesungener Melodien. ... Noch niemals habe ich mich so schaffensfreudig und, so stolz es klingt, so ebenbürtig gefühlt als in München vor den großen Meistern. Ich habe mein Wort zu sprechen wie sie das ihre. Liegt es vielleicht daran, dass ich ein Mädchen bin und dass in uns allen jahrtausendelang ungesprochene Worte schlummern? Wie dem Künstler im Weibe die Welt erscheint, das ist noch kaum je geahnt worden. Aber unsere Zeit kommt. Es ist ein solch jubelndes Gefühl unter den Ersten zu sein, die Steine zu unserem Tempel herantragen. – Eben dies ist unsere größte heiterste Entdeckung, dass wir gar nichts anderes sein wollen als Frauen ...«

(Alle Zitate aus Berger, 1987, S. 227 ff.)

Mit 22, in Florenz: »Es fliegt mir jetzt oft mitten in allem Wachsen und Keimen der Gedanke durch den Kopf: ›Wenn ich sterben müsste‹ – Nur die Zeit, um das Bild auszuführen, das fertig in meinem Kopf steht: Die Anbetung der Schönheit ... im Traum sieht man manchmal einen köstlichen Zaubergarten ... und vor Sehnen fängt man bitterlich an zu weinen. Dagegen gibt's nur ein Mittel. Arbeiten, arbeiten, arbeiten.«

Mit 23, 1896: »Ich will kein Künstler sein, ich bin eine Künstlerin, und mein höchster Stolz ist, dass meine Kunst weiblich sei.«

Mit 27, Ahrweiler: »Denn ich bin nicht dazu geboren, in andren, und wären es die liebsten Menschen, aufzugehen, entsagend mich aufzugeben und für sie zu leben. So schön das ist und als ein so würdiges Lebensziel ich es erkenne, ich vermag es nicht und soll es nicht, ich würde klein und schlecht dabei werden.«

Mit 29, Ahrweiler: »... ich habe in diesen letzten schweren zwei Jahren, wo nach dem großen Erfolg der Anfängerin, gerade wie ich fühlte, dass ich etwas Eigenes und Reifes zu sagen hatte, mich fast alle verließen, ... gelernt, ruhig auf mir selbst zu stehen und meinen Weg zu gehen; ich fühlte mich doch innerlich eins in meinem Wollen mit vielen großen Toten und mit manchem Lebenden.«

Mit 30, 24. November 1904, Ahrweiler: »Ich fühle deutlich, dass ich gesund werde, und ich weiß, dass ich damit in die Rechte, aber auch in die Pflichten eines gesunden Menschen trete. – Dazu bin ich auch menschlich und künstlerisch jetzt in den entscheidenden Jahren ... an der Scheidelinie angelangt, wo aus den Versprechungen Erfüllungen werden müssen ... es fängt an Zeit zu werden, dass ich, wenn auch langsam und mit Vorsicht, mit meinen Arbeiten an die Öffentlichkeit trete. Es ist notwendig, dass ich Lob und Tadel, aber vor allem, dass ich ertragen lerne, dass überhaupt meine Arbeit und meine Person beachtet werden.«

Vally Wygodzinski starb sechs Wochen nach diesem Brief am 6. Januar 1905 mit 31 Jahren.

Tod durch Krankheit.

Die Ähnlichkeit mit Modersohn-Becker.

An der Beachtung, an der wohlwollenden Wahrnehmung, an der Unterstützung, am Lob fehlte es allen diesen Frauen. Wie Edith Friedl über die österreichischen intellektuellen und künstlerischen Frauen der Wende zum 20. Jh. feststellt: »... es drängt sich eine starke Gemeinsamkeit auf: Es gab kaum größere Erfolge oder öffentliche Anerkennungen.«
(Friedl, S. 43)

Unterstützung wurde unterlassen, Beachtung und Lob blieben aus, Wohlwollen fehlte, Erfolg wurde nicht hergestellt für Frauen, auch wenn sie ihn verdienten, Anerkennung wurde ihnen verweigert, auch wenn sie Großes leisteten.

Von all diesen Künstlerinnen – eine Auswahl genialer Frauen – und vielen anderen, deren Namen wir nicht kennen, ist heute nur Paula Modersohn-Becker einer größeren Öffentlichkeit bekannt. Die anderen gingen unter, obwohl sie hochbegabt und hochmotiviert waren, überzeugt von ihrem Talent, und nichts anderes wollten, als Künstlerin zu sein. Wenn sie in München oder Wien oder Paris ankamen, hatte sich ihr größter Wunsch erfüllt – Malerei, Bildhauerei zu studieren, Künstlerin zu werden. Sie waren im siebten Himmel.

Louise-Catherine Breslau, eine geniale Malerin zur Zeit von Bashkirtseff, bezeichnete den ersten Sommer an der Académie Julian in Paris als den schönsten ihres Lebens.
»Ich werde härter als je arbeiten, um Malerin zu werden. Das ist mein einziger Traum. Ich würde jede Last des Schicksals auf mich nehmen, um diesen schönen Titel zu bekommen. Nichts kann mich von diesem Pfad abbringen.« (Berger, 1987, S. 157)
Sie kam mit 19 Jahren nach Paris ohne Geld, nur mit ihrer Begeisterung für Kunst, ohne jemanden zu kennen, und blieb ihr Leben lang. Sie wurde erfolgreich. Sie war so berühmt wie Hodler und wurde wie er mit

der Goldmedaille ausgezeichnet. 1925, mit 68 Jahren, blickt sie in einer Rede zurück: »Sie können sich gar nicht vorstellen, wie das in anderen Ländern ist, vor allem da, wo ich herkomme [Schweiz; S.T.-P.]. Hier ist alles leicht und heiter, hier ist das Paradies.« (Berger, 1987, S. 165)

Dieses Paradies erlebte auch Paula Modersohn-Becker.

»Ich werde etwas ...«: Paula Modersohn-Becker

»Ich werde etwas ... Ich fühle, dass nun bald die Zeit kommt, wo ich mich nicht zu schämen brauche und stille werden [muss], sondern wo ich mit Stolz fühlen werde, dass ich Malerin bin.«
6. Juli 1902 – Brief an ihre Mutter. (Busch/von Reinken, S. 325)

Liselotte von Reinken stellt in ihrer Biographie *Paula Modersohn-Becker* die Frage: »Was wäre aus ihr geworden, wenn sie nicht geheiratet und ihrer inneren Stimme folgend gleich den Weg nach Paris gesucht hätte?« (von Reinken, S. 67) Es ist eine entscheidende Frage, denn die Heirat mit Otto Modersohn und sechs Jahre später, nachdem sie sich schon von ihm trennen wollte, die Schwangerschaft wurden Paula Modersohn-Becker zum Verhängnis – sie starb mit 31 Jahren nach der Geburt ihrer Tochter.

Tod durch Heirat
Tod durch Kindbett

»Ich fühle, dass nun bald die Zeit kommt, wo ich mich nicht mehr zu schämen brauche und stille werden [muss], sondern wo ich mit Stolz fühlen werde, dass ich Malerin bin.«

Fünf Jahre später war Modersohn-Becker tot.

Modersohn-Becker starb einen plötzlichen Tod – Embolie und Herzschlag –, als sie nach einer sehr schweren Geburt zum ersten Mal aufstand. Das Jahr war 1907.
Noch 1914 schrieb Vita Sackville-West vor ihrer Entbindung einen Abschiedsbrief mit einer Ergänzung zu ihrem Testament, falls sie im Kindbett sterben sollte.

Mileva Einstein-Marić – auch sie hatte eine sehr schwere Geburt, als sie zum ersten Mal entband, das Jahr war 1902, auch sie hatte ein Mädchen – starb einen langsamen Tod, der mit ihrer heimlichen Schwangerschaft begann und über die Aufgabe ihrer Tochter zur Heirat führte, und weiter und weiter zum Verlust ihrer Kreativität, zum Absterben, zum Verwelken, auch sie eine abgeknickte Blume.

Auch bei ihr ist die entscheidende Frage: Was wäre aus ihr geworden, wenn sie Albert Einstein nicht geheiratet hätte?

Tod durch Heirat

Für beide Männer waren ihre Frauen Episoden, nicht mehr.

Otto Modersohn heiratete Paula Becker nach dem Tod seiner ersten Frau – noch war kein Jahr vergangen – und brachte eine 5-jährige Tochter mit in die Ehe. Er heiratete kurze Zeit nach dem Tod von Paula seine dritte Frau, seine Tochter war damals 11 Jahre alt – sie brauchte eine neue Mutter. Paulas Tochter, Tille, wurde von einer Schwester Paulas mitgenommen und aufgezogen.
Albert Einstein war schon lange vor der Trennung (1914) und der Scheidung (1919) mit einer neuen Frau liiert, er heiratete sie in Berlin kurz nach der Scheidung – entgegen der Auflage des Schweizer Gerichts, das ihm zwei Jahre Pause auferlegt hatte. Seine Todeswünsche für Mileva gingen nicht in Erfüllung und erfüllten sich doch auf der psychischen Ebene. Er brachte sie um ihr Leben. Um ihr emotionales, intellektuelles, kreatives Leben.

»Man stirbt ja auch nicht wirklich an Krankheiten. Man stirbt an dem, was mit einem angerichtet wird.«

Tod durch Verlassen
Tod durch Im-Stich-lassen
Tod durch Eingehenlassen

Die beiden Frauen, die zur gleichen Zeit geboren wurden: Mileva am 19. Dezember 1875 und Paula sechs Wochen später am 2. Februar 1876, in die gleiche Zeit geboren wurden, und etwas werden wollten, haben so manches gemein.
Ihren Ehrgeiz und ihre Leidenschaft für ihr Gebiet.
Sie wollten etwas werden in der Kunst und in der Wissenschaft.

»Denn ich werde noch etwas. Wie groß oder wie klein, das kann ich selbst nicht sagen, aber es wird etwas in sich Geschlossenes. Dieses unentwegte Brausen dem Ziele zu, das ist das Schönste im Leben. Dem kommt nichts anderes gleich.«
19. Januar 1906 – Brief von Paula an ihre Mutter (von Reinken, S. 109)

Mileva Marić wusste, sie konnte ein so guter Physiker werden wie jeder Mann.

Was wäre aus Paula Modersohn-Becker geworden, hätte sie an Paris und ihrem Glück festgehalten?

Paris, Mai 1906: »Liebe Schwester, ich werde etwas – ich verlebe die intensiv glücklichste Zeit meines Lebens.«

Sie hatte im Februar 1906 ihren Mann verlassen.

2.3.1906: »Lieber Otto, ... Versuche Dich an die Möglichkeit des Gedankens zu gewöhnen, dass unsere Leben auseinandergehen können.«

Anfang Juni 1906 kommt Otto Modersohn für eine Woche zu Besuch nach Paris und bringt ihr Nachricht von der Worpsweder Missbilligung ihres Schrittes. Otto Modersohn – verkörperte Missbilligung der ganzen Gesellschaft.

Vorwürfe
Schuldgefühle
Schlechtes Gewissen

Wenn einmal Frauen ihre Männer verlassen ...

3.9.1906: »Gib mich frei, Otto, ich mag Dich nicht zum Manne haben. Ich mag es nicht.«

9.9.1906: »Lieber Otto, mein herber Brief an Dich war aus einer großen Verstimmung heraus geschrieben ... Auch war mein Wunsch, kein Kind zu bekommen, doch ganz vorübergehend und stand auf schwachen Füßen ...Ich armes Menschlein, ich fühle nicht, welches mein richtiger Weg ist ... Ich will Euch ja nicht peinigen.«

Aber Modersohn wusste, was ihr richtiger Weg war: Sie war seine Frau und musste zu ihm zurückkommen.

Die Tragik dieser Entscheidung.
Gespalten, gebrochen.
Gegen Paris, gegen ihr Glück.
Gegen ihre Glückseligkeit.

Ich fühle nicht, welches mein richtiger Weg ist.

Und niemand kommt ihr zu Hilfe, niemand legt ein Gewicht auf die andere Seite der Waage, sie hat kein Vorbild, keine Mentorin, keine Psychoanalytikerin. Bashkirtseff ist tot. Sie kennt Breslau nicht, sie kennt Marevna nicht, sie hat kein Netzwerk von Künstlerinnen, sie hat keine unterstützenden Frauen um sich. Sie hat nur männliche Berater, die im eigenen Interesse beraten, allen voran Hoetger, Modersohn, Rilke. Vaterfiguren. Konventionelle Männer. Zu eng, um sie als erfolgreiche Künstlerin sehen zu können, zu begrenzt, um sie zu ermutigen, zu mittelmäßig, um sie als geniale Künstlerin anerkennen zu können.

Louise Breslau: »Jedesmal, wenn ich mich an einen wahrhaft bedeutenden Meister gewandt habe, fand ich einen Freund, der sich für meine Arbeiten interessierte, aber es wurde mir ebenso klar, dass der Künstler mittlerer Bedeutung nicht unser Freund ist.«

(Dies und die folgenden vier Zitate aus Berger, 1987, S. 163-164)

Breslau lebte in Paris, als Paula Modersohn-Becker in Paris war. Degas ermutigte Breslau mit seinem Urteil, Degas, der nicht viel von Frauen als Künstlerinnen hielt, aber sie gerecht bewertete. »Es gehört sich nicht für eine Frau, so gut zu zeichnen wie Sie«, sagte er zu Cassatt. Rodin und andere ermutigten Breslau »in ihrem Bestreben«, brachten ihr Verständnis entgegen, berieten sie, wenn sie nicht mehr weiterwusste, gaben von ihrem Wissen, bestätigten sie:
»Sie meinen, Ihre Karriere sei schwierig? Haben Sie sich noch nicht klar gemacht, dass das Leben für Männer gemacht ist? Aber lassen Sie sich nicht entmutigen. Madame Lemaire hat es gut geschafft.«
»Ein Genie in Gestalt einer Frau ist so selten wie ein Mann, der Milch gibt. Immerhin, es ist tatsächlich schon vorgekommen« oder »Die Frau-

en kämpfen mit einer Papierschere gegen Leute, die bis zu den Zähnen bewaffnet sind.« (Beide Zitate von Forain)

Paula Modersohn-Becker hatte keine solchen Freunde und Berater. Männer, die es sich leisten konnten, die Situation von Künstlerinnen mit der von Künstlern zu vergleichen, die den Kampf der Frauen durchschauten und sie mit ihren Einsichten unterstützten. Was hätte es für Modersohn-Becker bedeutet, wenn ihr Degas gesagt hätte, wie er es zu Breslau sagte, »dass niemand so großartig Kinder portraitieren kann wie Sie« (Berger, S. 164), oder wenn Breslau ihr ihre Erfahrung mitgeteilt hätte, dass von einem mittelmäßigen Künstler keine Unterstützung erwartet werden kann.

Gespalten, gebrochen,
die Freiheit verloren,
abhängig,

verlässt Paula Modersohn-Becker das Paradies und geht in das dunkle Worpswede. Verlässt Paris und folgt ihrem Mann nach Worpswede.

Fußnote: Auch Louise Bourgeois verließ Paris und die Akademien und folgte ihrem Mann, das Jahr war 1938, aber wenigstens ging sie nach New York.

Was wäre aus Paula Modersohn-Becker geworden, wäre sie nicht schwanger geworden und zu Otto Modersohn zurückgekehrt?

Was wäre aus Mileva Einstein-Marić geworden, wäre sie nicht vor ihrer zweiten Diplomprüfung schwanger geworden und hätte sie Albert Einstein nicht geheiratet?

Müßige Fragen, beide.
Aber wenigstens erreichte Paula Modersohn-Becker ihr Ziel der großen Einfachheit der Form, wenigstens hinterließ sie uns ein Werk von 700 Gemälden und 1000 Zeichnungen, wenigstens änderte sich die anfängliche engstirnig-wütende blinde Einschätzung ihres Werkes, wenn auch erst nach ihrem Tod.

Wer wünschte ihr nicht die posthume Anerkennung, die heutige Hochschätzung etwas früher – zu ihren Lebzeiten. Ein Bruchteil der heutigen Würdigung, bloßes Interesse an ihrem Werk, hätte vielleicht ihr Leben gerettet. Hätte ihre Lebensentscheidung vielleicht geändert.
Paula Modersohn-Becker hatte keine einzige Einzelausstellung, sie verkaufte nur eine Handvoll Bilder, die meisten an Freunde. Für 100 Mark ein Bild.
Hätte sie 20 Bilder verkauft, von 100 ganz zu schweigen, so wäre nicht nur ihr Selbstvertrauen als Künstlerin gestiegen, sondern es hätte sie auch finanziell unabhängig von Modersohn gemacht. Sie hätte als Künstlerin überleben können.

Nur ein Bruchteil der heutigen Anerkennung, nur der kleinste Prozentsatz der heutigen Preise für ihre Bilder hätte ihr die Existenz als Malerin gesichert.

Sie dagegen erfuhr die Verachtung und Verhöhnung eines mittelmäßigen Kritikers, auf den alles damals hörte. Er tat die zwei Malerinnen, Maria Bock und Paula Becker, die mit den Worpsweder Männern in der Bremer Kunsthalle 1899 ausstellten, als naive Anfängerinnen ab, denen jegliches Talent fehlte.
Paula Becker ging in die Kunsthalle und hängte ihre Bilder ab.
Ich sehe sie hingehen, eine ganz junge Frau, allein, festen Schrittes, am frühen Morgen, wo sie nicht auf viele Besucher treffen würde, ohne mit

dem Personal der Kunsthalle zu sprechen, und eines nach dem anderen ihre Bilder abnehmen, es waren nicht viele, und unter den Arm nehmen und das hehre Gebäude verlassen, ohne dass jemand mit ihr spricht, ohne dass jemand sie hindert.
Paula Modersohn-Becker vertrieben aus der Kunsthalle, ausgeschlossen aus dem pretiösen Cabinet, Raumverbot, selbstgewählter Ausschluss.

Sie hatte sich offensichtlich die Kritik zu Herzen genommen, hatte sie angenommen. Es gab keine Gegenstimme, an die sie sich hätte halten können.
Sie gehört nicht in das feine Cabinet, wo die Schätze der ständigen Sammlung vorübergehend abgenommen worden waren, wie der Kritiker uns wissen ließ.

Paula Modersohn-Becker bricht mir das Herz.

Ich sehe sie vor mir, wie sie ihre Bilder abhängt – ihr Ein und Alles, ihre Kunst, ihr Werk, ihre Leistung – wie sie ihre Bilder abhängt, weil es keine Bilder sind, keine Kunst, kein Werk, keine Leistung.

Und sie bricht mir das Herz.

Was für eine Wirkung hätte eine positive Rezension gehabt, ein Minimum an Unterstützung und Ermutigung?
Eine Einladung an andere Kritiker hinzusehen.
Rechtfertigung und Bestätigung, dass sie mit der Malerei die richtige Wahl getroffen habe, gegenüber ihrer skeptischen Familie, wenn nicht vor ihr selbst.
Eine Spur Verständnis, das winzigste Lob. Auch nur das Zurückhalten negativer Kritik, sodass andere unvoreingenommen vor die Bilder getreten wären. Auch nur die Unterlassung der Verhöhnung.

Paula Becker ging zur Kunsthalle und hängte ihre Bilder ab.

Mileva Marić kehrte der ETH den Rücken nach ihrer zweiten Prüfung.

Durchgefallen beide.
Und es beweist nichts.

Unterlassene Unterstützung
Unterlassene Ermutigung
Unangemessene Beurteilung
Inkorrekte Benotung

Durchgefallen beide.
Es beweist nichts.
Es sagt nur etwas über die männlichen Benoter.

So unwichtig die Frauen, so lästig, so anmaßend, so unbescheiden.
Es wird sowieso nichts aus ihnen. So unbegabt.
Zu unwichtig, um sich die Mühe zu machen hinzusehen, auch nur auf ihren Namen.
Zu lästig, dass mann sie beurteilen muss.
Zu anmaßend, dass sie Künstlerin, Wissenschaftlerin werden wollen.
So unbegabt das ganze Geschlecht.

Auch vom Freund Rilke kam keine Anerkennung – er sah Paula nicht als Malerin, obwohl er in ihrem Atelier saß. Sie blieb ein Mädchen, bis sie dann Modersohns Frau wurde. Dafür aber ein Requiem nach ihrem Tod.
Keiner der Worpsweder Männer besonders großzügig oder auch nur fair.
Otto Modersohn war der einzige, der lobte. Aber lobte er Paula?
Oder lobte er sie nur in seinem Tagebuch? Vertraute er das Lob nur seinem Tagebuch an oder auch seinen Kollegen, seinen Käufern, seinen

Kritikern? Seiner und Paulas Familie?
Ein Mann – ein Wort? Ein Mann – ein Tagebuch.

Hoetger war der erste außerhalb des Freundeskreises, der positiv reagierte: im Mai 1906, eineinhalb Jahre vor ihrem Tod – wenigstens das. Dafür dankte ihm die Künstlerin mit Tränen der Seligkeit.
Hoffentlich erfuhr Paula Modersohn-Becker nie von seinem herablassenden Urteil über sie in einem Brief an Otto Modersohn ein paar Monate später, in dem er sein Lob relativierte.

Auch wir danken ihm, dessen Namen wir ohne sie nicht kennen würden, mit seligen Tränen, denn seine Anerkennung, sein Lob, wie immer er es gemeint hatte, erlaubte Paula Modersohn-Becker sich »mit Gottvertrauen und Selbstvertrauen« in einen Schaffenssturm und Schaffensrausch zu stürzen. An die 100 Bilder entstanden im Jahr 1906.

Was hätte es für ihren Schaffensdrang, ihre Schaffenslust bedeutet, wenn sie nur einen Bruchteil der heutigen Wertschätzung damals erfahren hätte.

Zurückhalten des Lobes
Zurückhalten der Anerkennung

Aber Paula Modersohn-Becker war auch bescheiden –
bescheiden wie Sophie Taeuber-Arp,
bescheiden wie Sonja Kovalewskaja, die große Mathematikerin,
bescheiden wie Marie Curie, zwei Nobelpreise,
bescheiden wie Lise Meitner, Physikerin, der Hahn den Nobelpreis nicht gönnte,
bescheiden wie Emmy Noether, größte Algebraikerin,
bescheiden wie Maria Goeppert-Mayer, Nobelpreis in Theoretischer Physik, 1963.

Paula Modersohn-Becker war bescheiden – sie hatte bescheiden zu sein und sie hatte Bescheidenheit gelernt.

So wie sie nicht wagte, Hoetger zu sagen, sie sei Malerin, so zeigte sie ihre Bilder nicht einmal ihrem Mann, nicht einmal ihrem engsten Freund, Heinrich Vogeler – sie alle waren überrascht, als sie nach ihrem Tod den großen Schatz ihrer Bilder sahen.

Schützte sie sich vor negativer Kritik, vor Unverständnis, vor Abwertung? Wollte sie ihr Ein und Alles nicht aussetzen? Sich selbst nicht aussetzen?

Fühlte sie sich bedroht durch unangemessene Bewertung und wollte keine Interferenz?

Zeigt uns die Geheimhaltung das Maß ihrer Bedrohung? Sie verzichtete lieber auf jedes Echo. Malte nur für sich, ohne fremde Resonanz, war ihre eigene alleinige Instanz für Güte.
War sie so bescheiden, dass sie nicht zu sehen wagte, dass sie besser war als die ganze Worpsweder Männertruppe zusammen, einschließlich ihres Lehrers Mackensen, einschließlich des Jugendstilmalers Vogeler, einschließlich des Landschaftsmalers Modersohn, einschließlich des Allerweltkünstlers Hoetger? Unterstützung und Anerkennung wurde ihr von allen Männern systematisch verweigert: von ihrem Vater, ihrem Mann, ihren Freunden, Künstlern und Kritikern, Käufern und Galeristen, und von der Öffentlichkeit.
Was wäre aus ihr geworden unter anderen Bedingungen: Bestätigung, Förderung, Nahrung? Einer nährenden Atmosphäre: Interesse, Bewunderung, Preise?

Aber sie konnte wenigstens arbeiten, wenn auch nur für ein paar Jahre, konnte sich als Künstlerin definieren, wenn auch nur im Geheimen, hinterließ uns ein sichtbares, greifbares Werk – wie es sich herausstellte, ein größeres als das der meisten Männer, die zweimal so lange wie sie lebten.

Mileva Einstein-Marić wurde jegliche Anerkennung verweigert, sogar die Möglichkeit ausgeschlossen, dass sie im Geringsten inhaltlich zu Einsteins Werk beitrug.

Sie malte keine sichtbaren, greifbaren Bilder.
Sie sagte nichts über ihr Tun, sie war bescheiden.
Und Stille zog ein.
Ihr Schweigen machte das Verschweigen möglich.

»Wenn man eine Null ist, soll man fein das Maul halten.«

Auch sie verstand das Verbot, das Redeverbot, und das Raumverbot, packte ihre Kinder ein und ging. Holte ihre Träume herein und war still. Schrieb ihre Memoiren nicht. Hinterließ uns keine Tagebücher.

Mileva Einstein-Marić bricht mir das Herz.

Ich sehe sie vor mir, fast 50 Jahre alt, immer noch angewiesen auf die Redeerlaubnis des früheren Mannes, wie sie seinen Brief öffnet und seine Worte liest und versteht, dass er ihr alles abspricht, dass sie nichts vorzuzeigen hat, dass sie nichts geleistet hat, dass sie keine eigenen Erlebnisse, Wahrnehmungen, Ideen hat, die eine Leserschaft interessieren könnten, dass sie nichts ist. Eine Null. Sie hat keine wissenschaftliche Arbeit hervorgebracht, kein Werk, keine Leistung.
Sie rebelliert nicht – sie ist zu alt – sie hat keine Kraft mehr.
Mit 50 Jahren.

Und sie bricht mir das Herz.

Ich sehe sie vor mir an Weihnachten 1947, 72 Jahre alt, ihr letztes Lebensjahr.

Weihnachtsphantasie:
Mileva legte das Buch aus der Hand. Ein Labsal, dieser Band: Mosaik des Herzens – das wollte sie der Autorin schreiben: Zenta Maurina, die ihr Wissen und ihr Leben so zusammenfasst: *amo ergo sum*. Das gilt für viele Frauen, wollte sie ihr schreiben, auch für mich. Ich liebe, deshalb bin ich. Und der japanische Brauch, den sie erwähnt, im Augenblick des Todes ein Gedicht zu schreiben – das werde ich tun, das werde ich auch tun. Heute aber blicke ich in die Kerzen und träume meine Erinnerungen, heute blicke ich auf die Lilien vor mir, die ich mir zu Weihnachten schenkte, mein einziges Geschenk, und sehe alle Blumen meines Lebens: Alpenveilchen, Schlüsselblumen, Kakteen, Orchideen, weißer Mohn, und unzählige Rosen.

Rose im Herbst, du, meine Freundin
du, Winterrose, meine Taube
Rose aus Asche du, meine Geliebte

Alberto Flores

Heute aber gilt nur ein Gedicht für mich, Christina Rossettis süßes, süßes Lied voller Trauer:

und wenn du willst, erinnere dich
und wenn du willst, vergiss

When I am dead, my dearest,
Sing no sad song for me;
Plant thou no roses at my head,
Nor shady cypress tree:
Be the green grass above me
With showers and dew drops wet:
And if thou wilt, remember,
And if thou wilt, forget.

Es machte sie so traurig. Trauriger als sonst. Sollte das ihr letztes Weihnachten sein?

Wenn ich tot bin, mein Liebster,
sing keine traurigen Lieder für mich,
pflanze mir keine Rosen.

Sie erinnerte sich an einen weißen Rosenstrauß zu ihrem Geburtstag, Rosen im Dezember. Sie konnte sich an alle Blumen erinnern, die sie je von Albert bekommen hatte.

I shall not see the shadows
I shall not feel the rain;
I shall not hear the nightingale
Sing on as if in pain:

Nichts mehr sehen, hören, fühlen müssen!

And dreaming through the twilight
That does not rise nor set
Haply I may remember
And haply may forget.

Wenn es der Zufall will, erinnere ich mich vielleicht, und wenn es der Zufall will, darf ich vergessen.
Nichts mehr erinnern müssen, vergessen dürfen.
Kann sein, dass ich mich erinnere, kann sein, dass ich vergesse.
And haply may forget.

Christina Rossetti, die sagte:

Besser ist es zu vergessen und zu lächeln, als sich zu erinnern und traurig zu sein.

Heute nehme ich mir vor zu lächeln.

Ende der Weihnachtsphantasie

Mileva Einstein-Marić starb am 4. August 1948. Ohne uns ein Gedicht, ein Tagebuch, ihre Memoiren zu hinterlassen.

Wie gut, dass Paula Becker weitermalte nach der vernichtenden Kritik des mittelmäßigen Kritikers. Wie gut, dass sie sich selber Mut zusprach in ihrem Tagebuch. Wie gut, dass sie sich den Gedanken zu eigen machte, dass sie allein ist in der Kunst:

»Darum lebt man in der Kunst doch meistens ganz allein.« – 18.11.1906
Und dass die Einsamkeit sogar fruchtbringend sein kann für die Künstlerin:
»Und vielleicht ist diese Einsamkeit gut für meine Kunst, vielleicht wachsen ihr in dieser ernsten Stille die Flügel. Selig. Selig. Selig.«
– März 1902
Und so malte sie ihre ganz eigenen Bilder allein in ihrem Atelier, dem Lilienatelier, unbeeinflusst von Worpswede, unbeeinflusst von Paris, und zeigte sie niemandem.

Einsamkeit in der Ehe, Einsamkeit in der Kunst.
Ihre Kunst, das Werk das Wichtige.
Eine andere Einsamkeit bei Mileva, Einsamkeit als geschiedene Frau,
ihr Werk ihre Söhne, das Wichtige ihre Söhne.

Was bleibt, was bleibt?

Die vielen Dinge, die du tief versiegelt
durch deine Tage trägst in dir allein,
die du auch im Gespräche nie entriegelt,
in keinen Brief und Blick sie ließest ein,

die schweigenden, die guten und die bösen,
die so erlittenen, darin du gehst,
die kannst du erst in jener Sphäre lösen,
in der du stirbst und endend auferstehst.

Gottfried Benn

Was bleibt, was bleibt?

Mein Besuch bei Paula Modersohn-Becker

Eine letzte Rose noch im kleinen Vorgarten vor ihrem gelben Haus in Worpswede – überall sonst in den Gärten ist der Herbst schon zu Ende. Es ist die Zeit zwischen Herbst und Winter.
Eingang im großen neuen Anbau an das Modersohn-Haus, das Paula Modersohn-Becker Museum, Korrektur: Es heißt Museum am Modersohn-Haus. Der Kommerz im Eingangsbereich – was wird nicht alles verkauft an Reproduktionen von allen Worpsweder Malern. Vielleicht allen Malern der Jahrhundertwende – dort ist der Geschmack des Volkes, des Touristenvolkes jetzt schon angekommen. Der neue Teil des Modersohn-Hauses, das Museum am Modersohn-Haus, ist jedenfalls anderen vorbehalten, hauptsächlich Männern, ganze Räume voll von ihnen. Ruhm während ihrer Lebenszeit, Ruhm nach ihrem Tod, ihre Wichtigkeit immer noch hergestellt durch die große Raumblase des Museums. Dagegen in der Ecke über einen fast dunklen Gang an den Toiletten vorbei komme ich zu den kleinen Räumen, in denen Paula Modersohn-Becker lebte, ihr Kind zur Welt brachte und starb. Auch dieser kleine Teil wird ihr noch abgesprochen, denn Modersohn-Haus bedeutet nicht, wie ich es verstand – mein Wunsch –, Modersohn-Becker-Haus, sondern genau, wie der Name schon sagt, Otto-Modersohn-Haus, das Haus – so werde ich informiert –, »das von 1898-1921 Otto Modersohn gehörte«, es enthält »die Werke dieses bedeutenden Malers inmitten der Gegenstände, die dieser täglich um sich hatte, die seinem Wesen entsprachen und die Zeugen seines Schicksal waren« etc. etc. etc. – der gleiche unerträgliche verkitschte Stil, wie er auf der visuellen Ebene manchen seiner Bilder eigen ist. Es wiegt dann in diesem ganzen Kontext von maskulinem Besitzertum und Künstlertum der EINE Satz über Paula Modersohn-Becker nicht mehr, mit ihrem Tagebuch, ihrem frühen Ende, und gar »Gedenkstätte für die große Malerin« oder »Hommage« ist unglaubwürdig, denn schon sind wir wieder bei den Männern,

diesmal ihren Kollegen, die nicht vergessen werden dürfen, dem sog. »Freundeskreis«.

Der Gegensatz auch heute noch: Anmaßung versus Bescheidenheit, heute, wo sich die Bewertung ihrer aller Kunst längst umkehrte, wo Mackensen, Modersohn, Vogeler, am Ende, Hoetger unwichtig, wenn nicht unbekannt sind, ihre Kunst gutes Mittelmaß. Oder wird Paula Modersohn-Becker gerade in Worpswede ihre Größe immer noch abgesprochen und muss frau an einen anderen Ort gehen, sagen wir Bremen, um zu sehen, dass sie zu ihrem Recht kommt. Dort hat sie ein Haus in der Böttcherstraße, endlich ein Museum, das wirklich Paula Modersohn-Becker Museum heißt. Beim Eintreten fällt mein Blick schon auf ein Bild von ihr, ich kann aufatmen. Im ersten Saal werde ich begrüßt von ihren Bildern, der ganze Saal gehört ihr. Wenigstens das. Obwohl sie auch dort Paula ist – aus unqualifiziertem männlichen Museumsmitarbeitermund. Paulapaulapaula, Fridafridafrida, Claraclaraclara.
Wie groß muss eine Künstlerin sein, wie lange muss sie tot sein, wie viel müssen ihre Bilder kosten, dass sie respektvoll mit ihrem Namen benannt wird, wie Pablo und Otto und Heinrich und Hans und Diego.

In Worpswede ist Paula Modersohn-Becker auch noch in der Großen Kunstschau vertreten. Ich stehe vor ihren Bildern in einem Nebenraum und lese: »Durch die Schulung an alten und neuen Meistern sowie an der französischen Avantgarde gelingt es der Malerin in nur einem Jahrzehnt, zur Wegbereiterin des deutschen Expressionismus zu werden.«

Durch die Schulung? In welcher Akademie?
an alten und neuen Meistern? – alle alten und neuen Meister?
an der französische Avantgarde? – die ganze französischen Avantgarde?
Bei Tanning waren es nur 23 Meister!

nicht:
durch ihre hohe künstlerische Begabung
nicht:
durch ihre eigene Kraft, ihre außergewöhnliche Motivation und enorme Konzentration auf ihre Kunst, da sie zu keiner staatlichen Akademie zugelassen wurde
nicht:
durch ihre Leidenschaft für ihre Kunst und ihre eigenwillige Verpflichtung für ihre Kunst
nicht:
durch ihre herausragende Kreativität und einzigartige Produktivität, ihr Arbeitsethos
nicht:
durch ihr hohes künstlerisches Engagement, mit dem sie bei ihrer Malerei blieb – entgegen allen gesellschaftlichen Widerständen und negativen Beurteilungen, entgegen aller sogenannter »Ratschläge« der sogenannten Freunde, die sie bewegen wollten, bei ihrem Ehemann zu bleiben
Und schon gar nicht:
durch ihre Genialität.

»gelingt es ihr«

gelingt es mit Glück? gelingt es durch Zufall?

gelingt es ihr?

nicht:
hinterließ sie uns ein Œuvre von 700 Gemälden und 1000 Zeichnungen

»gelingt es ihr, zur Wegbereiterin des deutschen Expressionismus zu werden.«

Wie schön wäre diese Sicht für Paula Modersohn-Becker zu ihren Lebzeiten gewesen. Aber das hat sie nicht angestrebt und nicht anstreben können. Und so ist es ihr auch nicht »gelungen.«
Korrekt ist: Sie nahm Themen des deutschen Expressionismus vorweg und wird deshalb heute als Wegbereiterin des deutschen Expressionismus gesehen. Sie schuf etwas ganz Neues, Großes, was von der damaligen Kunstkritik und den selbsterkorenen Kunstexperten **nicht gesehen werden konnte.** Deshalb war sie nicht anerkannt, deshalb wurde sie verhöhnt und übersehen – sie hatte keine einzige Einzelausstellung während ihrer Lebenszeit.

Mein Besuch in Worpswede und Fischerhude – ich wollte Paula Modersohn-Becker und Clara Westhoff-Rilke näherkommen; fast gehen sie selbst an den Orten, wo sie lebten, wieder unter vor lauter Männern, die die Häuser besaßen und besitzen und besetzen.
Ganz wie damals.

Was bleibt?

Clara Westhoff-Rilke

geb. 21. November 1878 in Bremen
gest. 9. März 1954 in Fischerhude

Motto:
Ihr verblühet, süße Rosen,
Meine Liebe trug Euch nicht …

Goethe

Clara Westhoff wusste mit siebzehn Jahren, dass sie Malerin werden wollte. Mit siebzehn verließ sie ihr Elternhaus, um in München Malerei zu studieren; mit achtzehn wurde sie beim bayerischen Kultusminister vorstellig wegen Diskriminierung der Kunststudentinnen; mit zwanzig Jahren schrieb sie an ihren Vater:

»Ich habe das Gefühl, als ob Mackensen mich nun bald entlässt – obgleich das ja immer überlegt werden muss –, denn er kann mir immer noch sehr viel sagen. Jedenfalls bin ich ihm ganz ungeheuer dankbar und kann das nicht genug betonen. Denn es ist ganz allein Mackensens Verdienst, wenn ich es binnen einem Jahr dazu gebracht habe, dass ich vollständig weiß, was ich brauche und muss und will. Und dass ich nicht im mindesten mehr das Gefühl habe, in meiner Kunst von irgend jemand abhängig zu sein.« (Sauer, S. 26)

Und mit knapp einundzwanzig ging sie allein nach Paris
(im Dezember 1899).

Clara Westhoff war hochbegabt und hoch motiviert. Ihre eigenwillige, unkonventionelle, junge Mutter und ihr künstlerisch interessierter Vater unterstützten sie und ließen sie gewähren. Clara Westhoff war eine leidenschaftliche, unkonventionelle, stürmische, vitale, junge Frau. Als sie und ihre Freundin Paula Becker eines Tages aus schierem Übermut und purer Ausgelassenheit die Kirchenglocken in Worpswede läuteten, wussten sie nicht, dass dies für das Dorf bedeutete, ein Feuer sei ausgebrochen. Aber es waren die Herzen der beiden Frauen, die brannten.

Bald
kommt die Freundin
aus der Ferne
mit einem stillen Blumenkuss

Ich liebe
ihre schönen Worte
wie einen
Himmelsgruß

Rose Ausländer

Zur Buße mussten sie, da sie die Geldstrafe nicht bezahlen konnten, Dekorationen für die kleine Kirche liefern, Puttenköpfe und Blümchen an den Chorwänden, die noch heute zu sehen sind.

Dies trug sich vor beider Verheiratung zu. Die zwei jungen Frauen hatten sich 1898 in Worpswede in Fritz Mackensens Atelier kennengelernt. Westhoff war bei Mackensen zum Zeichnen und Modellieren, Becker war Malstudentin. Westhoff wurde von Mackensen, der ihr Talent

für Bildhauerei erkannte, bald an Max Klinger in Dresden empfohlen. Klinger, der weibliche Studentinnen nicht tolerierte, Westhoff aber aufnahm, weil sie den Marmor »wie ein Mann« angriff (Alpers, S. 8). Die beiden Künstlerinnen stellten im Dezember 1899 in einer Ausstellung der Bremer Kunsthalle aus, Clara Westhoff drei Arbeiten. Der damalige Oberkritiker Arthur Fitger, der nur im Pluralis Majestatis spricht, lobte zwar die »Studien Clara Westhoffs« und nannte sie ein »ausgesprochenes Talent«, konnte aber nicht umhin zu bemerken:
»Eines möchten wir zu bedenken geben. Die Künstlerin ist, wie wir hören, noch eine sehr junge Dame; dafür scheint uns ihre Kunst schon ein bischen (sic!) reichlich dreist. Dreistigkeit steht nur ganz kleinen Kindern wohl, hernach, und namentlich junge Mädchen, kleidet eine zarte Schüchternheit viel anmuthiger«, etc. etc. (Sauer, S. 27)
Die beiden Freundinnen verbrachten im Winter und Frühling 1900 einen gemeinsamen Parisaufenthalt, Westhoff war an der Académie Julian, Becker an der Académie Colarossi, zusammen nahmen sie an einem Anatomiekurs an der École des Beaux Arts teil. Zusammen gingen sie in Galerien und in die Weltausstellung. Für Westhoffs künstlerische Entwicklung war die Begegnung mit Auguste Rodin, die Klinger vermittelt hatte, äußerst wichtig. Immer wieder ging sie in Rodins Atelier, arbeitete dort, erhielt monatliche Korrekturen von Rodin, pflegte den Kontakt mit ihm, den sie danach noch viele Jahre fortsetzte.

Zurück in Worpswede – »Worpswede bedeutete für uns ein schönes köstliches Geschenk.« (Stock, S. 46) – waren sie bald eingebunden in Heinrich Vogelers Freundes- und Künstlerkreis, der sich auf seinem Barkenhoff traf. Paare bildeten sich und Hochzeiten folgten: am 28.4.1901 die Trauung von Clara Westhoff und Rainer Maria Rilke.

Ach, wer bringt die schönen Tage,
Jene Tage der ersten Liebe
Ach, wer bringt nur eine Stunde
Jener holden Zeit zurück!

Goethe

Das eheliche Zusammenleben sollte 16 Monate dauern. Am 12.12.1901 brachte Westhoff-Rilke eine Tochter, Ruth, zur Welt. Im August 1902 verließ Rilke Mutter und Baby, »weil er seine Familie nicht ernähren konnte«, und ging nach Paris.

Und hast mein Herz verschmäht –
In die Himmel wärs geschwebt
Selig aus dem engen Zimmer!

Else Lasker-Schüler

Clara Westhoff-Rilke blieb die Aufgabe, ihren Haushalt in Worpswede aufzulösen, und die schwerere Aufgabe, ihre Tochter zu ihren Eltern zu geben, ihre Tochter aufzugeben. »Sie fügte sich still und mutig dem Gesetz, unter dem des Mannes Dasein stand«, so die Biographin Else Alpers (Alpers, S. 17), während Rilke faselte wie immer: »Hoch und aufgerichtet gingen Deine Worte auf mich zu, ich sah Dir mit Staunen zu und mit Freude: dieses Haus abzubrechen, war keine leichte Arbeit, und wie hast Du sie energisch und jung getan.« (Alpers, S. 17)

Und hast mein Herz verschmäht –
In die Himmel wärs geschwebt ...

Clara Westhoff-Rilke brauchte Jahre, um das Trauma ihrer Heirat und ihrer Trennung zu überwinden, Jahre, um ihr Gleichgewicht zurückzugewinnen, Jahre, um genügend finanzielle Stabilität zu erreichen, dass sie ihre Tochter zu sich nehmen konnte. Es gelang ihr, als diese elf Jahre alt war. Aber finanzielle Sorgen belasteten ihr künstlerisches Schaffen ihr ganzes Leben hindurch.

»We are not good, Clara,
at learning to prevent those things,
and once we have a child, it *is* ours.«

Paula Becker an Clara Westhoff in Rich, 1978

»Wir sind nicht gut im Verhüten dieser Dinge, Clara,
und wenn wir einmal ein Kind haben, dann ist es *unser* Kind.«
(übers. S.T.-P.)

Clara Westhoff-Rilke war ähnlich wie Mileva Einstein-Marić gezwungen, ihre Tochter bei ihren Eltern zurückzulassen; sie folgte Rilke nach Paris und hatte von da ab ein jahrelanges Wanderleben manchmal mit ihm, meistens ohne ihn, jedenfalls ohne finanzielle Sicherheit; sie jagte Aufträgen nach, wurde immer wieder bei Stipendienanträgen abgelehnt, machte Porträts, um Geld zu verdienen, bekam keine öffentlichen Aufträge, hatte keine Ausstellungen, mühte sich ab, ihre und die Existenz ihrer Tochter zu sichern, bis sie keine Kraft mehr hatte für innovative Arbeiten.

Letzter Frühling

Nimm die Forsythien tief in dich hinein
und wenn der Flieder kommt, vermisch auch diesen
mit deinem Blut und Glück und Elendsein
dem dunklen Grund, auf den du angewiesen.

Langsame Tage. Alles überwunden.
Und fragst du nicht, ob Ende, ob Beginn,
Dann tragen dich vielleicht die Stunden
Noch bis zum Juni mit den Rosen hin.

Gottfried Benn

Aber obwohl die psychische Verwundung sicher ihre Kreativität und Produktivität beeinträchtigte, wurde ihr die frühe Trennung von Rilke auch zur Rettung: Sie ging als Künstlerin nicht unter, sie arbeitete ihr Leben lang als Bildhauerin, später im Leben auch als Malerin, obwohl sie nie frei von materiellen Problemen war. Dass sie immer abhängig von Aufträgen blieb, wirkte sich auch einschränkend auf ihre Kunst aus: Sie war praktisch innerhalb der Porträtbildhauerei festgebunden.

Aber wenigstens arbeitete sie, als unabhängige Künstlerin, in einem Gebiet, das als männliche Domäne galt. Sie definierte sich als Bildhauerin und insistierte auf ihre Arbeit, obwohl die Kosten hoch waren, obwohl es sie ein fast unmenschliches Ausmaß an Energie kostete, gegen die unzähligen Hindernisse anzukämpfen.

Im Gegensatz zu Paula Modersohn-Becker erwartet Clara Westhoff-Rilkes künstlerisches Werk bis heute die Anerkennung einer größeren

Öffentlichkeit. Nicht nur ist ihr Werk noch nicht rezipiert, es wird sogar häufig ganz unterschlagen, sogar in Worpswede und Fischerhude, wo sie ab 1919 lebte und wirkte. Dabei spielt zu ihrem Nachteil bis heute mit, dass sie mit Rilke verheiratet war. Sofort ist sie in seinen Schatten gedrängt, sofort werden die Klischees Gattin und Mutter wirksam; die kürzeste Ehezeit mit Rilke genügte, um sie als Künstlerin zu verdrängen, um sie ein Leben lang hinter »Frau Rilke« zu verdecken.

Dunkler kann es nicht werden
als diese Stunde, die sinkt,
mit allen Lasten der Erden
in fremder Nacht ertrinkt.

Gottfried Benn

Ebenso wie bei Mileva Einstein-Marić wird auch bei Westhoff-Rilke ihre Bedeutung für die Entwicklung des Mannes ausgespart. Auch Westhoff-Rilke war die erste Leserin und Kritikerin von Rilke (Alpers, S. 64). »Er brauchte ihren Maßstab«, wie Alpers schreibt (Alpers, S. 62). Sie eröffnete ihm die bildende Kunst ihrer Zeit, er lernte von ihr, insbesondere über Bildhauerei, und nicht zuletzt lernte er durch sie Rodin kennen.

Erst zu Westhoffs 60. Geburtstag fand die erste Einzelausstellung statt, zum 70. Geburtstag musste eine Ausstellung schon wieder »ihren Kreis« einschließen, wobei der Kreis hauptsächlich aus männlichen Künstlern bestand. Und 1978 zu ihrem 100. Geburtstag musste sie der Öffentlichkeit schon wieder in Erinnerung gebracht werden, wie ihre Biographin Sauer feststellt (S. 73).

In den Nachrufen auf Clara Westhoff-Rilke werden, so Sauer (S. 72), ihre Zurückhaltung wie ihr Verzicht, sich um Beachtung zu bemühen, gerühmt.

Marina Sauer geht in ihrer exquisiten Biographie: *Die Bildhauerin Clara Rilke-Westhoff* (1986, ihre Dissertation von 1984) der Frage nach, unter welchen Bedingungen sich die künstlerische Entwicklung von Clara Westhoff-Rilke vollzog und welche Schwierigkeiten sie dabei als Frau, Ehefrau und Künstlerin zu bewältigen hatte. Nur wenn wir die ganze Lebenssituation ansehen und den gesellschaftlichen Kontext, in dem die Künstlerinnen eingebunden, d. h. festgebunden, gefesselt waren – so meine Worte –, dann kann das künstlerische Ergebnis erklärt werden, in Clara Westhoff-Rilkes Fall ein begrenztes Werk, nicht-experimentelle Kunst, eher konservative Porträt- und Kleinkunst. Das ist bitter für uns, vor allem da sie so vielversprechend anfing und besonders da sie genial war. Sowohl Mackensen wie Klinger und Rodin sprachen ihr Genialität zu.

nur diese Stunde
ihr Sagenlicht
und dann die Wunde
mehr gibt es nicht,
...
ein Tausch, ein Reigen,
ein Sagenlicht,
ein Rausch aus Schweigen,
mehr gibt es nicht

Gottfried Benn

Mein Besuch bei Clara Westhoff-Rilke

Ich suche Clara Westhoff-Rilkes Haus auf. Es ist kein Museum. Es ist Privatbesitz, in ein Café verwandelt, und es ist geschlossen. Die Café-Zeiten beginnen erst um 14 Uhr. Ich muss bei meinem nächsten Europa-Besuch wiederkommen.
Clara Westhoff-Rilkes Haus heißt hier der Einfachheit halber Rilke-Café, offiziell Rilke-Haus. Rilke hat nie dort gewohnt; Rilke hat es nicht einmal gesehen – er siedelte 1919 von München in die Schweiz über und kehrte nicht mehr nach Deutschland zurück. Clara Westhoff-Rilke baute das Haus von 1917 bis 1919 und lebte dort von 1919 bis zu ihrem Tod 1954. Trotzdem ist es das Rilke-Haus und das heißt Rainer Maria Rilke und eben nicht Clara Westhoff-Rilke. Sein Hausspruch soll es laut Café-Broschüre zieren – ich sah ihn nicht, wollte ihn nicht sehen, es genügt mir der Abdruck in der Broschüre: Er wimmelt von ichichich. Seine Büste leuchtet weiß im Vordergrund auf dem alten Foto des Ateliers, im Hintergrund eine Figur in Schwarz, kaum erkennbar die Künstlerin.
Das alte Rilke-Haus
Rilke-Café

Sie ist und bleibt die Ehefrau von Rilke; ihr eigenes Haus, in dem sie 35 Jahre lebte und arbeitete, kann nicht Westhoff-Haus sein, muss Rilke-Haus heißen. Rilke, den sie im April 1901 heiratete und der sich am 26. August 1902 absetzte.

»But he feeds on us, like all of them.« (Rich, 1974)
Aber er nährt sich von uns, wie alle Männer.

Adrienne Rich sieht in ihrem Gedicht *Paula Becker to Clara Westhoff* Otto Modersohn und Rainer Maria Rilke als Parasiten, die sich schmarotzend vollsaugen an den Frauen, von Frauen leben.

»But he feeds on us,
like all of them. His whole life, his art
is protected by women. Which of us could say that?
Which of us, Clara, hasn't had to take that leap
out beyond our being women
to save our work? Or is it to save ourselves?
Marriage is lonelier than solitude.«

Aber er nährt sich von uns,
wie sie alle. Sein ganzes Leben, seine Kunst
beschützt von Frauen. Welche von uns könnte das sagen?
Welche von uns, Clara, musste nicht den Sprung machen
über unser Frausein hinaus,
um unsere Arbeit zu retten? Oder um uns selbst zu retten?
Die Ehe ist einsamer als Einsamkeit.

(Übersetzung: S.T.-P.)

»Dank für alles, was Du auf so treue Art mit mir teilst; mir ist, als reichtest Du von allem mir die größere Hälfte«, schrieb Rilke an Westhoff-Rilke am 18.3.1907. (Sauer, S. 52)

Wenigstens wird Clara Westhoff-Rilke in der Broschüre als Malerin und Bildhauerin bezeichnet, nicht zu vergessen natürlich auch als Schülerin von Auguste Rodin. Über ihr Werk kein Satz. Sie soll aber Zuhörern aus Briefen und Büchern RMRs vorgetragen haben. **Kein Satz über ihre Kunst.** Stattdessen: »Clara(!) galt als eine sehr beeindruckende, soziale und liebe Person, ›die man nicht vergisst‹.«

Clara, Clara, Clara

Eine liebe Person

PERSON?

eine liebe Person?
eine soziale Person?
eine liebe Person?

But he feeds on us,
……
Marriage is lonelier than solitude.

Aber er nährt sich von uns
……
Die Ehe ist einsamer als Einsamkeit.

Die Einsamkeit von Mileva Einstein-Marić in der Ehe
Die Einsamkeit von Paula Modersohn-Becker in der Ehe
Die Einsamkeit von Clara Westhoff-Rilke in der Ehe

Eine andere Einsamkeit bei Clara Westhoff-Rilke

»Darum glaube ich nicht, dass sie jemandem als Frau würde haben zur Seite stehen können: sie wird in der Hingabe an ein anderes Leben nicht stark, sondern nachgiebig, spiegelt anstatt ein Gegenspiel zu bilden ... Dass sie freilich an mich gerieth, ist besonders schwer: da ich weder der Künstlerin in ihr noch dem, was sich nach einem Frauendasein drängt, recht günstig zu sein vermochte«,

schrieb Rilke über Westhoff-Rilke am 31.10.1913, elf Jahre nach der Trennung von ihr, an eine andere Frau, Sidonie Nadherny von Borutin (Sauer, S. 37/38).

Nur grad
Das Licht
Eine Kerze
Möchte ich
In meinen Händen halten,
Mich retten
Aus dieser Verlassenheit
Die tief in meinem Herzen
Lastet.
Und sich verdoppelt
Mit jedem meiner Schritte.
Alle gehen
An mir vorüber.
Ihr geht
Euch zu folgen
Vermag ich nicht.

Feuervögel
Queren den Himmel.

Luisa Famos

Am ehesten finde ich die beiden Frauen, die beiden Künstlerinnen, im Haus im Schluh in Worpswede, Martha Vogelers Haus, das sie mit ihren drei Töchtern bewohnte, nachdem sie 1920 ihren Mann und den Barkenhoff verließ. Ein Haus ohne Männer, ohne Männersprüche.
Hier drückt mir die Urenkelin von Martha Vogeler, Daniela Platz, bei meiner Ankunft ihr wertvolles Exemplar von Marina Sauers Biographie über Clara Westhoff-Rilke in die Hand, hier sitze ich dem zauberhaften weißen Mädchen, dem *Mädchen mit Perlenkette* von Paula Modersohn-Becker gegenüber. Hier wohnt noch ein Mann, Hans-Herman Rief, Kunsthistoriker und Archivar, der Clara Westhoff-Rilke kannte. Er kam als junger, gerade fertiger Student ins Haus im Schluh und konnte sich nicht mehr trennen – doch nicht ganz männerleer das Haus. Hier ist ein Kräutergarten wie vor 100 Jahren, wo Martha Vogeler ihre Pflanzen mit Namen rief, Möbel von damals, Bilder von damals, Bücher von damals, eine Weberei, von der sich Martha Vogeler ernährte, die schönen reetgedeckten Gebäude mit den tief heruntergezogenen Dächern, die alten Bäume, Kastanien, eine Atmosphäre, die Stille, Achtsamkeit, geistiges Leben begünstigt.
Hier lerne ich Martha Vogeler kennen, auch Heinrich Vogeler.
Es ist ruhig.
Hier bin ich den drei Frauen, die sich gut kannten, nahe.
Über Martha Vogeler und ihr Haus im Schluh finde ich Clara Westhoff-Rilke und Paula Modersohn-Becker.

Siehe auch www.fembio.org – Westhoff-Rilke

Carmen Herrera und Josephine Nivison-Hopper

Motto

Just simply alive
Both of us, I
And the poppy.

Issa

Einfach lebendig
Wir beide, ich
Und der Mohn

(übers. von S.T.-P.)

Carmen Herrera
Geb. 31. Mai 1915 in Havanna

»Ich habe noch nie eine gerade Linie gesehen, die ich nicht geliebt hätte.« So die Malerin der geraden Linie, Carmen Herrera. Dazu kommt noch ihre Liebe zur Farbe: kühne starke Farben liebt sie, häufig nur zwei, weiß und grün, Weiß liebt sie, Grün und Schwarz. Geometrische, strenge Formen liebt sie, die ehemalige Architekturstudentin, und höchste Einfachheit. Je weniger, desto besser.

evening temple bell
stopped in the sky
by cherry blossoms

Chiyo-ni

Abendtempelglocke
im Himmel angehalten
von Kirschblüten

(übers. von S.T.-P.)

Abstrakte Bilder von Anfang an, nichts Gegenständliches. Über 70 Jahre lang. Ein großes Werk entsteht und wird endlich entdeckt. Mit 89 verkauft sie ihr erstes Bild. Mit 101 hatte sie die erste Ausstellung in einem großen Museum in den USA, keine Retrospektive, wie es sich gehört hätte, sondern ihre frühen Arbeiten von 1948-1978, die belegen, dass sie ihrer Zeit und ihren männlichen Kollegen voraus war. England und Deutschland entdeckten sie etwas früher, im Alter von 94, und zeigten eine Retrospektive.

Carmen Herrera wurde am 31. Mai 1915 in Havanna geboren in ein journalistisches Elternhaus, ihre Mutter war Journalistin, ihr Vater Herausgeber einer Zeitung.

Madre Mia

Mi Madre era prequeñita
como la menta o la hierba
apenas echaba sombra
sobre los casas, apenas,.......

Meine Mutter

Winzig klein war meine Mutter
wie der Pfefferminzstrauch, das Gras,
Kaum warf sie Schatten auf die Dinge, kaum,
Die Erde liebte sie,
weil sie ihr leicht war,
weil sie ihr zulächelte
im Glück wie im Leid.

Die Kinder liebten sie
und die Alten und das Gras
und das Licht, das Anmut liebt und sie sucht
und ihr schmeichelt.

Ihretwegen ist es wohl,
dass ich liebe, was nicht nach stolzer Höhe strebt,
was schweigend spricht:
niedriges breitästiges Gewächs
und der Geist des Wassers.

Gabriela Mistral

Mit acht bekam sie privaten Kunstunterricht; mit vierzehn kam sie für zwei Jahre an ein privates amerikanisches Internat in Paris. Sie studierte kurz Architektur in Havanna, was in den 30er-Jahren für eine Frau ungewöhnlich war, aber hörte mit dem Studium auf – was ganz normal für eine Frau war –, als sie sich in einen Amerikaner verliebte und ihn heiratete – Jesse Loewenthal, 13 Jahre älter als sie, Oberschullehrer. Zusammen gingen sie 1939 nach New York City.

Es kommt der Abend und ich tauche in die Sterne,
Dass ich den Weg zur Heimat im Gemüte nicht verlerne
Umflorte sich auch längst mein armes Land.

Es ruhen unsere Herzen liebverwandt,
Gepaart in einer Schale:
Weiße Mandelkerne –

.....Ich weiß du hältst wie früher meine Hand
Verwunschen in der Ewigkeit der Ferne ...
Ach meine Seele rauschte, als dein Mund es mir gestand.

Else Lasker-Schüler

Von 1943-1947 war sie Kunststudentin an der Art Students League. Dann gingen Herrera und ihr Mann nach Paris, wo sie fünf Jahre lang von 1948-1953 lebten. Dort fand Herrera, wie sie sagte, ihre Welt im Malen: »I found my world in painting.« Sie entwickelte ihre eigene visuelle Sprache, ihren eigenen Stil: Die runden Formen, die Ovale verschwanden, sie fand »die Schönheit der geraden Linie«; sie reduzierte und reduzierte. Ihr Sinn für Architektur zeigte sich in ihren strengen geometrischen Formen, ihre Farbpalette reduzierte sie auf zwei, höchstens drei Farben. Sie war erfolgreich und ihre Bilder hingen neben Mondrian. Sie stellte mehrere Male im Salon des Réalités Nouvelles aus und bewegte sich im Kreis wichtiger Künstler, die damals in Paris versammelt waren. Sie mochte Matisse und Yves Klein – im Gegensatz zu Picasso, den sie durchschaute (»wenn es was zu stehlen gibt, stehle ich«); sie war mit Genet und den Eltern von Yves Klein befreundet.

Als sie 1954 von Paris nach New York zurückkam, dominierte in der Kunstwelt der abstrakte Expressionismus, ihr geometrischer Stil passte nicht, sie war mit ihren großen, stillen, minimalistischen, abstrakten Gemälden dem Minimalismus um zehn Jahre voraus. Sie wurde nicht ausgestellt; sie malte unbeirrt weiter und entwickelte ihren Arbeitsprozess (sie machte Dutzende von Zeichnungen für jedes einzelne Gemälde); sie arbeitete für sich, in der Verborgenheit, ignoriert. Im Nachhinein sieht sie es als einen Segen, denn sie musste nur ihrer eigenen ästhetischen Intuition und Vision folgen, sie wurde nicht gelobt, aber auch nicht kritisiert und abgewertet, sie musste sich niemandem anbiedern, sie musste nicht verkaufen, weil ihr Mann sie mit seinem Lehrergehalt ernährte. Sie war 61 Jahre lang mit ihm verheiratet und sie hatten keine Kinder. Er unterstützte ihre Malerei und glaubte an sie, nur ihren Erfolg – obwohl er 98 Jahre alt wurde – erlebte er nicht mehr.

Liebe III

Wir werden uns wiederfinden
im See
du als Wasser
ich als Lotusblume

Du wirst mich tragen
ich werde dich trinken

Wir werden uns angehören
vor allen Augen

Sogar die Sterne
werden sich wundern:
hier haben sich Zwei

zurückverwandelt
in ihren Traum
der sie wählte

Rose Ausländer

Dieser Erfolg kam langsam, aber er kam nach sieben Dekaden des Malens.

»Ich wartete 94 Jahre auf meinen Bus«, sagte Herrera eingedenk des Idioms: Wenn du lang genug wartest, kommt auch dein Bus. Der Bus war die Birmingham Galerie Ikon, die ihr 2009 eine Retrospektive ausrichtete, die dann 2010 auch an das Museum Pfalzgalerie in Kaiserslautern ging. Ihr Bus waren zwei Sammlerinnen, von denen jede fünf Gemälde kaufte – Dank der Göttin, dass heute einige Frauen Geld haben.

Nach Herreras erster Einzelausstellung in England 2009 schrieb eine Kritikerin: »Carmen Herrera is the discovery of the year, no of the decade. How could we have missed these brilliant compositions?«

Carmen Herrera ist die Entdeckung des Jahres, nein der Dekade. Wie konnten wir diese brillanten Kompositionen übersehen? (übers. S.T.-P.)

Herrera genießt den Erfolg im hohen Alter, obwohl sie immer noch etwas staunt, dass ihre Bilder sich plötzlich verkaufen – »ich hatte noch nie so viel Geld« – und dass sie geehrt wird. Aber auch heute, obwohl im Rollstuhl und von Arthritis heimgesucht, arbeitet sie wie seit 70 Jahren jeden Tag mit Lineal und Bleistift und Klebeband an ihrem Arbeitstisch. Die Schönheit der geraden Linie hält sie an der Arbeit und am Leben.

Ich verzichte
auf den Glanz
Er hat mich
nicht getröstet
als du
von mir gingst

Rose Ausländer

Ich freue mich mit ihr über die Anerkennung und die Aufmerksamkeit, die sie so spät erfährt, vor allem über jedes Bild, das sie verkauft. Aber ich habe noch einige Fragen zur Konstruktion von Erfolg.

Als ich Herreras Bilder sah, fiel mir als erstes die Ähnlichkeit mit Ellsworth Kelly auf, den ich seit meiner Studienzeit in den 1960er Jahren immer wieder in Gruppen- und Einzelausstellungen sah. Seine starken Farben, nebeneinandergesetzt, Primärrot und Blau, das strahlende Gelb, das tiefe »Kelly-Grün«, Weiß, später die Diptychons und Triptychons, dann die Skulpturen. Kelly ist acht Jahre jünger als Herrera und verbrachte die gleichen Jahre von 1948-1954 wie sie in Paris. Er stellte wie sie 1950 und 1951 im Salon des Réalités Nouvelles aus. Sah er ihre Arbeiten dort? In einem Interview sagte er, dass er sich Herreras Präsenz in Paris nicht bewusst war (Miller, S. 39, Fußnote 31.) Sicher hatten die beiden MalerInnen eine ähnliche Sensibilität, sicher sahen sie ähnliche Ausstellungen, gingen in die gleichen Galerien; wie sich herausstellte – Herrera erinnert sich an ihn –, sie kannten sich sogar persönlich. Wer lernte von wem, wer wurde von wem beeinflusst, wer kopierte, wer imitierte? Nach Picassos Motto: »Good artists copy, great artists steal.« Sei dem wie es sei, aber was auffällt ist, dass Kelly zwei Jahre nach seiner Rückkehr aus Paris die erste Einzelausstellung bei Betty Parsons hatte: 1956. Danach folgten zahlreiche Ausstellungen und mit ihnen einhergehend Wahrnehmung, Rezensionen, Anerkennung – UND Verkauf. Seine Werke wurden immer teurer und bewegen sich jetzt bei mehreren Millionen für ein Bild. Herreras Bilder sind gerade sehr im Wert gestiegen und kosten einige Hunderttausend Dollar, ein einziges Werk nähert sich der Million.

Ganz wie bei Josephine Nivison und Edward Hopper und vielen anderen Paaren, fangen zwei KünstlerInnen etwa auf der gleichen Ebene an – Herrera war Kelly in der Ausbildung wahrscheinlich um etwas voraus –, haben ähnliche Einflüsse und Kunsterlebnisse, bewegen sich in der gleichen intellektuellen Welt, arbeiten ähnlich, aber für den Mann wird Erfolg hergestellt, er macht Karriere, wird bekannt und berühmt, während die Frau ignoriert wird, unsichtbar wird, sich zurückzieht, untergeht.

Herrera ist durch einen Zufall nicht untergegangen, jemand erwähnte ihren Namen vor der richtigen Person, einem Sammler, der daraufhin ihre Arbeiten ansah, sie kaufte und dann verkaufte.

Herrera wird natürlich zum Anlass ihrer Ausstellungen, drei an der Zahl, gefragt, wie sie sich erklärt, dass sie ignoriert wurde, und sie hat ihre Meinung dazu: Sie erinnert sich an die Galeristin Rose Fried, die sie nicht ausstellte, »weil sie eine Frau war und die Männer Familien zu ernähren hatten«, und sie sah, dass »die Männer alles kontrollierten, nicht nur die Kunst«; dass sie »streetwise« waren, d. h. sich auskannten mit dem System, »sie kannten das Museumssystem, das Galeriensystem, das Sammlersystem«. Sie fand, sie hatte nicht die Persönlichkeit dazu, und meinte wohl, dass sie sich nicht anbiederte und einschmeichelte bei den richtigen Leuten, sie war geradeheraus und sagte ihre Meinung, damals wie heute.

Was sie vielleicht nicht so klar wie Josephine Nivison sah (siehe Levin, 1998), war, wie das Männersystem funktioniert, wie die Männer sich gegenseitig unterstützen, wie sie sich Käufer, Preise, Wettbewerbe, Juroren, Kritiker, die selbstverständlich alle männlich sind, zuschieben. Das ist das Männernetzwerk, ohne das es nicht geht und wo nur höchst selten eine Frau zugelassen wird, wie Agnes Martin vielleicht und Louise Bourgeois und Georgia O'Keeffe, die aber dann – wie letztere – nicht beliebt ist. Die Männer bilden kleine Gruppen, the New York School, die »color field painters«, die Minimalisten, und unterstützen sich gegenseitig, fördern auch die jüngeren Männer, die ihre Anhänger werden. Es tut ihrem Status keinen Abbruch, dass andere Männer ähnlich arbeiten wie sie: Kelly, Newman, Youngerman, Reinhardt, Stella, im Gegenteil, es bestätigt sie. Die Frage, wer wen beeinflusst, erübrigt sich. Sie beflügeln sich gegenseitig. Frauen dagegen sind immer von anderen beeinflusst, von vielen anderen, wie Bachmann feststellte.

Die Künstlerin und Freundin von Herrera, Teresita Fernández, sagte über sie: »Und ich denke, dass einige der Innovationen in ihrem Werk notgedrungen einige ihrer Zeitgenossen beeinflusst haben. Woher wissen wir, dass Barnett Newman nicht von Carmen beeinflusst war?«

Und ich füge hinzu: Woher wissen wir, dass Ellsworth Kelly nicht von Herrera beeinflusst war? Dass er die multiplen Leinwände nicht zuerst bei ihr sah? Zur gleichen Zeit verwendeten sie ähnliche Methoden, hatten ähnliche innovative Ideen (siehe dazu auch Miller, S. 25).

Herrera selbst schreibt den größten Einfluss auf sie der japanischen Kunst zu, wegen der Reduzierung; sie sieht ihre Arbeiten als visuelle Äquivalenz von Haiku.

Calm days
The swift years
Forgotten

Taigi

Ruhige Tage
die raschen Jahre
vergessen

(übers. von S.T.-P.)

Warum aber kommt keine Unterstützung von den Freunden und von den Frauen? Warum unterstützte Barnett Newman, mit dem Herrera befreundet war, sie nicht? Warum bekam sie keine Hilfe von Newmans Frau Annelee, die Kunstlehrerin war? Sie waren ihre Freunde und sie frühstückten jeden Sonntag zusammen. Es war eine Welt der Männer, die sich um Männer drehte und von Männern bestimmt wurde. Der Kunstbetrieb war durch und durch männlich; die Kritiker waren männlich, die Kuratoren waren männlich, die Juroren von Wettbewerben waren männlich. Selbst die wenigen Frauen waren männeridentifiziert, die Künstlerinnen mit ihren Ehemännern, die Galeristinnen mit ihren männlichen Künstlern, die den Rang ihrer Galerie erhöhten, von denen sie mehr profitierten, wenn sie sie ausstellten, als von einer Frau. Hätte es damals Sammlerinnen gegeben, sie hätten Kelly und Reinhardt und Newman gekauft.

Morgens
eine Nachtigall
im Garten

Sie hat
mein Lied erraten
aus Seide und Schmerz

Rose Ausländer

Es brauchte die Frauenbewegung, die hinter diese Mechanismen sah und sie bewusst machte – und in der Tat waren Künstlerinnen, wie z. B. die Guerrilla Girls (1985), unter den ersten Feministinnen, die sich zu Gruppen zusammentaten und bewusst Frauen unterstützten. Herrera war noch – wie Modersohn-Becker Dekaden vor ihr – umgeben von Männern und holte sich bzw. bekam keine Unterstützung von Frauen. Vielleicht war Herrera zu behütet und beschützt von ihrem Mann, der ihr zwar Erfolg wünschte, aber sich nicht fragte, warum seine Frau nicht dazugehörte zu den erfolgreichen Künstlern und wie deren Erfolg hergestellt wurde. Vielleicht ist so der Erfolg von Bourgeois und O'Keeffe zu erklären: Sie waren mit Männern liiert, Bourgeois mit einem bekannten Kunsthistoriker und Kunstprofessor, O'Keeffe mit dem berühmten Photographen und Galeristen Alfred Stieglitz, die sich beide in der Kunstwelt auskannten, selbst dazugehörten, nicht konkurrierten (auch weil sie andere Gebiete vertraten) und professionelle, nicht nur psychologische Unterstützung gaben, d. h. ihre Frauen in die richtigen Kreise und Kunstkontexte hievten und dafür sorgten, dass sie dazugehörten.

Als Herrera sich mit 24 der Kunst verschrieb, wusste sie, es würde ein hartes Leben werden. Sie wusste nicht, dass sie 89, 94, ja 101 werden musste, um endlich breite Anerkennung und den verdienten Erfolg zu haben. Allen Künstlerinnen ist zu raten, möglichst alt zu werden, mindestens 90, am besten aber über 100.

Brief aus Rosen
ihr Duft
umarmt
meinen Atem

Brief aus Astern
herbstbuntes
Ade

Rose Ausländer

Josephine Nivison-Hopper
Geb. 18.3.1883 in Manhattan
Gest. 6.3.1968 in Manhattan

Wenn ich vergehe
wird die Sonne weiter brennen
Die Weltkörper werden sich
bewegen nach ihren Gesetzen
um einen Mittelpunkt
den keiner kennt

Süß duften wird immer
der Flieder
weiße Blitze ausstrahlen der Schnee

Wenn ich fortgehe
von unsrer vergesslichen Erde
wirst du mein Wort

ein Weilchen
für mich sprechen?

Rose Ausländer

Josephine Nivison machte einen großen Fehler in ihrem Leben – sie heiratete Edward Hopper (1924). Sie verlor ihre FreundInnen und war im Kreis von Hoppers Freunden nicht akzeptiert; sie verlor ihre Kunst, denn Hoppers Kunst ging vor – »Zwei können nicht Künstler sein.« Sie verlor ihre Freude, ihre Jugend, ihre Kreativität – »Warum ich nicht male? Warum in der Tat? Von was – aus welcher inneren Heiterkeit heraus?« (Levin, S. 321) Und sie war angebunden an ein in ihren Worten »prize hog« (Levin, S. 304), ein preisgekröntes Schwein, bis zu seinem Tod. Er entmutigte sie, machte sich über sie lustig, verhöhnte sie, erniedrigte sie, missbrauchte sie, benutzte sie – immer wieder –, tat alles, um ihre Existenz zu zerstören, wie sie es ausdrückte, »to negate my entity« (Levin, S. 303). Sie verlor ihre Identität als Künstlerin und wurde Hoppers Frau, und wenn sie als Künstlerin wahrgenommen wurde, wurde sie tragischerweise mit der konservativen Kunst von Hopper und seinen Freunden assoziiert. Levin (S. 416): »Wäre sie nicht mit Hopper verheiratet gewesen, hätte sie vielleicht abstrakt gemalt, um *au courant* zu sein«, denn als sie Hopper kennenlernte, war sie *au courant*, mit Avantgarde-Künstlern befreundet, sie hatte ausgestellt, sogar in Paris, und war ihm voraus. Aber als sie starb, war Hopper ein großer anerkannter Maler und sie, obwohl sie ihr ganzes Leben lang gemalt hatte, fast unbekannt.

Ihr zweiter großer Fehler – am Ende ihres Lebens – war, ihre Werke dem Whitney Museum zu überlassen, einem Museum, das stolz den Nachlass Edward Hoppers verwaltete, und den Großteil des Lebenswerkes von Nivison entsorgte. Auf den Internetseiten des Whitney finden sich heute zwei Werke von ihr. Nach Auskunft von Gail Levin, die von 1976 bis 1984 als Kuratorin im Whitney den Hopper-Nachlass bearbeitete, waren zu ihrer Zeit von Josephine Nivison sechs Ölgemälde auf Holz und ein paar Arbeiten auf Papier, die fälschlicherweise Hopper zugeschrieben wurden, vorhanden. 96 Nivison-Gemälde waren vom Whitney an New Yorker Krankenhäuser verschenkt worden und waren drei Jahre später verschwunden. Die offene Frage ist: Wo sind Hunderte von Gemälden auf Leinwand hingekommen? Eine Antwort vom Whitney steht bis heute aus.

Josephine Verstille Nivison wurde 1883 in Manhattan geboren, ihr Vater war ein talentierter, aber nicht erfolgreicher Musiker, ihre Mutter »an independent spirit«, die ihr alles erlaubte.

Meine Nachtigall

Meine Mutter war einmal ein Reh
Die goldbraunen Augen,
die Anmut
blieben ihr aus der Rehzeit.

Hier war sie
halb Engel, halb Mensch –
die Mitte war Mutter.
Als ich sie fragte was sie gern geworden wäre
sagte sie: eine Nachtigall.

Jetzt ist sie eine Nachtigall,
Nacht um Nacht höre ich sie
im Garten meines schlaflosen Traumes

…

Wiegenlieder
singt mir Nacht um Nacht
meine Nachtigall
im Garten meines schlaflosen Traumes

Rose Ausländer

Ihr Familienleben war etwas chaotisch. Nivison besuchte mit 17 das Normal College of the City of New York, das spätere Hunter College; es war kostenlos und hatte die Aufgabe, junge Frauen als Lehrerinnen auszubilden. Sie nahm vier Jahre Latein, sechs Jahre Französisch, englische Literatur und Drama; ihre Zeichnungen wurden in der College-Zeitung und im Jahrbuch veröffentlicht. Sie schloss mit einem B.A. ab. Danach, anstatt sich als Lehrerin zu verdingen, studierte sie Kunst an der New York School of Art und kam dort alsbald zu der Überzeugung, dass sie Künstlerin, Malerin, werden wollte. Mit ihrem Kunstprofessor Henri ging sie nach Holland, belegte seine Kurse, reiste nach Paris und Italien und sah moderne Kunst. Zurück in New York studierte sie weiter mit Henri an der Art Students League. Es folgte über ein Jahrzehnt Unterricht an mehreren Volksschulen, aber auch während dieser Zeit blieb sie ihrer Kunst treu und hatte Kontakt mit der Greenwich Village Künstler-Avantgarde. 1914 stellte sie zum ersten Mal mit anderen aus, darunter Man Ray, William Zorach, Stuart Davis und Charles Demuth. Sie interessierte sich für Tanz und Theater und spielte bei den Washington Square Players kleinere Rollen auf der Bühne. In den Sommermonaten fuhr sie zu verschiedenen Künstlerkolonien nach Neuengland. 1920 identifizierte sie sich im New York City Telefonbuch als Künstlerin; sie bezog ein kleines, spartanisches Studio und zeigte dort sofort ihre Arbeiten. 1922 war sie mit Aquarellen in der New Gallery vertreten, neben vielen anderen Künstlern, darunter Modigliani, Picasso, Marguerite und William Zorach. Im Katalog hieß es: ihre Aquarelle »add a gay note of color.«

Im Sommer von 1923, mit 40 Jahren, traf Nivison in der Künstlerkolonie von Gloucester Edward Hopper, der sich Illustrator nannte und mit seinen Kupferstichen relativ erfolgreich war. Sie befreundeten sich und arbeiteten alsbald Seite an Seite. Edward übernahm sowohl ein neues Medium, Aquarelle, von ihr als auch ihre Motive. Im Herbst des Jahres wurde Nivison vom Brooklyn Museum eingeladen, sechs Aquarelle zu einer Gruppenausstellung amerikanischer und europäischer Künstler beizutragen. Sie schlug den Organisatoren vor, Hopper einzuschließen, und sie zeigten sechs seiner neuen Aquarelle von Gloucester. Das Museum kaufte eines seiner Aquarelle – Hopper hatte seit zehn Jahren nichts verkauft. Von hier an identifizierte er sich als Künstler; von hier an ging es mit seiner Karriere aufwärts. Für Nivison jedoch kam eine neue Lebensphase.

Ich weiß, dass ich lebe, wenn ich an dich denke
...
...
Ich weiß, dass ich liebe, wenn ich an dich denke

Xóchil A. Schütz

Im nächsten Sommer, 1924, folgten sie seinem Wunsch, wieder nach Gloucester zu gehen, und heirateten dort. Edward war fast 42 und Jo war 41 Jahre alt.

Ich war so einsam, wie ein Käfer
den der November lähmt – und streckt
Und darum sprech ich nicht von Liebe
Ich sprech von Einsamkeit
In alten Büchern steht ein Satz –
Am schlimmsten ist die Einsamkeit zu zweit

Xóchil A. Schütz

Die Konflikte begannen sofort: Edward war eifersüchtig auf Jos Katze. Jo behielt vorerst ihr Studio. Edward erwartete Häuslichkeit von seiner Frau, aber Jo hasste Küche und Kochen. Sie sollte sich ganz auf ihn konzentrieren. Sie lud ihre FreundInnen in ihr Studio ein, um Edward nicht zu stören. Sie nannte ihn egoistisch. Er zeichnete böswillige Karikaturen von ihr und ihrer Katze. Ihr Sexualleben war ein Horror mit Vergewaltigung und analem Sex – »Angriffe von hinten« (Levin, S. 180) nannte es Jo, die als Jungfrau in die Ehe gekommen war. Sie blieb jedoch bei ihrer Selbstverleugnung und Liebe zu Edward, für den nur die eigenen sexuellen Wünsche existierten.

Und

Und hast mein Herz verschmäht –
In die Himmel wärs geschwebt
Selig aus dem engen Zimmer!
Wenn der Mond spazieren geht
Hör ichs pochen immer
Oft bis spät.

Aus Silberfäden zart gedreht
Mein weiß Gerät –
Trüb nun sein Schimmer.

Else Lasker-Schüler

Aus eigenem Antrieb begann Jo ein Inventar von Edwards Arbeiten zu erstellen und protokollierte Titel, Ausstellungen, Verkauf, Preise; sie übernahm auch seine Korrespondenz. Weitere Funktionen sollten im Lauf der Zeit folgen.

Von Jo werden in Paris drei Aquarelle ausgestellt.
Durch Zufall findet Edward einen Galeristen, Rehn, der ihn von nun an vertritt. Bei seiner ersten Ausstellung werden 16 Arbeiten verkauft, und Rehn begeistert sich für Edward. Die Kritik lobt ihn; er beginnt, mehr in Öl zu malen und hört mit der Illustration und den Kupferstichen auf.
Jo zeigt ihre Arbeiten noch unter ihrem eigenen Namen, gibt aber ein Jahr nach der Heirat ihr eigenes Studio auf und zieht zu Edward. Ihre Werke müssen im Keller von Edwards Studio untergebracht werden, sind also nicht mehr ohne größere Mühe zugänglich.

Jo beginnt, für Edward Modell zu stehen.

1926 stellt sie im Whitney zum ersten Mal unter dem Namen Josephine Hopper aus. 1927 stellt sie sieben Aquarelle im Whitney Studio Club aus, darunter MOVIE THEATRE, ein Thema, das später von Edward aufgenommen wurde.

Schritt für Schritt ändert sich Jos Identität als Künstlerin. Das zeigt sich konkret in ihren schwankenden Namen: von Josephine Nivison zu Jose-

phine Hopper; dann wechselt sie zu Josephine N. Hopper, dann wieder zu Josephine Hopper, bis sie im Alter von 81 zu ihrem Mädchennamen zurückkehren will.
Schon drei Jahre nach ihrer Heirat wird Jos Karriere von Edwards überschattet.

Da sie kein eigenes Studio mehr hat, muss sie sich an Edwards Bedürfnisse anpassen: Er zieht eine Linie in seinem Studio, die sie nicht übertreten darf. Auch Farben darf sie sich nicht ausleihen. Wohl aber darf sie ihm Themen vorgeben. Ihre Bilder darf sie Besuchern nicht zeigen.

Ihre Arbeit für ihn wird mehr und mehr: Sie führt seine anwachsende Korrespondenz, wird seine Sekretärin; sie bereitet seine Ausstellungen vor bis hin zur Beleuchtung in den Galerien. Wenn es um seine Reputation geht, wird sie seine Verteidigerin, vor allem aber hat sie die Aufgabe, ihn aufzumuntern, wenn er müde und deprimiert ist und nicht arbeiten kann. Dann motiviert sie ihn mit ihren Einfällen, beginnt z. B. ein Bild und arbeitet daran, bis er angeregt wird, selbst den Pinsel in die Hand zu nehmen.

Acht Jahre nach der Heirat wird ihr bewusst, dass ihre Laufbahn durch das Leben mit Edward einen Bruch bekam:

»Für eine Künstlerin ist es fatal zu heiraten, ihr Bewusstsein wird zu sehr aufgerührt. Sie kann nicht mehr genügend in sich selbst leben, um produktiv zu sein. Aber es ist schwer dies zu akzeptieren.« (Levin, S. 246)

»Ich lebe in der ständigen Erwartung, dass er mir Hindernisse in den Weg legt.« (Levin, S. 261)

»Er ist das Zentrum ... Wenn ich gerade sehr glücklich bin, sorgt er dafür, dass ich es nicht mehr bin.« (Levin, S. 262)

Sein Blut

Am liebsten pflückte er meines Glückes
letzte Rose im Maien
Und würfe sie in den Rinnstein.
... Sein Blut plagt ihn.

Am liebsten lockte er meiner Seele
zitternden Sonnenstrahl
In seine düst're Nächtequal.

Am liebsten griff er mein spielendes Herz
aus wiegendem Lenzhauch
Und hing es auf wo an einem Dornenstrauch
... Sein Blut plagt ihn.

Else Lasker-Schüler

Sie waren jetzt zwölf Jahre verheiratet, und die Konflikte verstärken sich. Edward verachtet Jo als Künstlerin, erniedrigt sie bis hin zu körperlichen Auseinandersetzungen. Er hat Arbeitsprobleme, ist lethargisch und depressiv. Je frustrierter er über seine Unfähigkeit zu produzieren ist, desto feindseliger wird er, desto mehr setzt er sie herab, macht sich über sie und ihre Arbeiten lustig, quält sie, z. B.: »Wenn sie eine Ausstellung hätte, würde niemand kommen.« (Levin, S. 334) Dass er sie schlägt, ist nicht so schlimm wie seine Gemeinheit, sagt sie. (Levin, S. 340) Aber sie motiviert ihn weiterhin, stimuliert ihn, heitert ihn auf, damit er anfängt zu malen.

Der Maler

Risse, Dunkelheit, Konturen
Das Schweigen deiner Bilder schockt
Und wenn du deinen Pinsel hebst
siehst du mich an, brutal, du lockst

Xóchil A. Schütz

Jo sieht, wie männliche Juroren sie und andere Malerinnen, die mit Malern verheiratet sind, immer wieder ausschließen, z. B. Marguerite Zorach. (Levin, S. 460) Edward ist in einer Jury, die Jos Beitrag ablehnt. Er unterstützt sie nicht, im Gegenteil, gibt nie eine Empfehlung für sie, im Gegenteil. Er stellt sie Galeristen und Sammlern als seine Frau vor, nicht als Malerin.

Sie waren jetzt 20 Jahre verheiratet. »Zwanzig Jahre ist eine lange Zeit, ohne ein einziges Krümelchen zu bekommen.« (Levin, S. 367) Jo sieht, dass Edward nie einen Finger für sie gerührt hat, dass er den Wunsch hat, sie auszuradieren. (Levin, S. 373) Sie ist zutiefst verletzt. Sie fühlte sich »von allem ausgeschlossen, seit dem Tag, als ich ihn heiratete.« (Levin, S. 386) Die Wunden mehren sich. Immer wieder wird sie abgelehnt, entmutigt, kritisiert, korrigiert. Sie nimmt manchen Rat von ihm an, zu ihrem Nachteil, denn Hoppers Realismus und Nationalismus gilt inzwischen als reaktionär. Es war die Zeit des abstrakten Expressionismus. Hopper hinderte ihre Arbeit wie auch ihre Freundschaften und

Einladungen. »Ich hatte so viele FreundInnen.« (Levin, S. 412)
Aber Jo malte weiter.

»Mein Herz ist eingegangen, und deshalb sind all meine Bilder Totgeburten.« (Levin, S. 443). Sie nannte ihre Bilder auch »meine kleinen Bastarde.« (Levin, S. 460)

Karma

Hab' in einer sternlodernden Nacht
Den Mann neben mir ums Leben gebracht.
Und als sein girrendes Blut gen Morgen rann,
blickte mich düster sein Schicksal an.

Else Lasker-Schüler

Aber sie ist nicht nur traurig und enttäuscht, sondern sie wird auch wütend. Ihre Wut richtet sich insbesondere auf das Whitney: »Nun ich habe genug Herzensleid vom Whitney erlebt, ein Museum, das von zwei Frauen finanziert und geleitet wird, zwei Frauen, die Frauen hassen. Also dieses Museum für amerikanische Kunst hat als Ziel, Männer zu ergattern und Frauen zu negieren ... Nicht in die Ausstellungen eingeschlossen zu sein, von den Sammlungen ganz zu schweigen, hieß aus dem Kunstmarkt ausgeblendet zu sein. Das ist eine bittere Erfahrung für viele, die ausgeschlossen wurden.« (Levin, S. 458/460) Sie erwähnte die Künstlerinnen Marguerite Zorach, Theresa Bernstein, Felicia Marsh und Helen Sloan. Wütend war sie auch auf Hopper, seinen Egoismus, seinen Sadismus, seine Dominanz; sie nannte ihn ein Monster. »Er ist ohne menschliches Mitleid ... als Mensch ist er nicht qualifiziert.« (Levin, S. 476) Aber sie liebte ihn und konnte nicht ohne ihn leben. (Levin, S. 491)

Recuerdo, amor que nunca muere
Erinnerung, Liebe, die niemals stirbt,
mit einem Zauber, fast in Traum versunken,
Liebe, die niemals stirbt, in einen Tag erwachend,
dessen Frühlicht so wirklich anhält wie das Traumbild;

Juan Ramón Jiménez

1958 – Nivison ist inzwischen 75 Jahre alt – erfährt sie unendliches Glück: Der Galerist Herman Gulack wählt zehn ihrer Arbeiten für eine Frühlingsausstellung in seiner Greenwich Gallery. Sie ist ekstatisch, überglücklich, dass jemand ihre Bilder mochte. »Ich habe eine so schöne, heitere Wand ganz für mich, und die Bilder fühlen sich, als seien sie in den Himmel gekommen.« (Levin, S. 515) Ihr Selbstgefühl stieg. Diese Ausstellung war für die ausgehungerte Künstlerin der Höhepunkt ihres Lebens.

Aber das tägliche Leben mit Hopper ging noch zehn Jahre weiter: Er konkurrierte mit ihr und war auf jedes Lob für sie eifersüchtig; er nannte sie »ein freundliches, kleines Talent.« (Levin, S. 557) Er versäumte es, Besucher in Jos kaltes Studio hochzuschicken. Kein Wunder, dass die meisten nicht wussten, dass Jo malte, und sie als Amateurin identifizierten.

Edward Hopper starb im Mai 1967 mit fast 85 Jahren.

Jo: »Was zusammen Perfektion war, ist allein ein Herzensbruch.« (Levin, S. 579) Josephine Nivison starb am 6. März 1968, zwölf Tage vor ihrem 85. Geburtstag.

Nivison kämpfte ein Leben lang um ihre Identität als Künstlerin. Sie wollte Künstlerin sein, gleich was es kostet. Nur wenige Künstlerinnen verstanden es, sich dazu den richtigen Mann zu wählen, der sie unterstützte, unterhielt und vor allem selbst nicht malte. Nivison wählte wie die meisten Frauen den falschen Mann. Aber wie konnte sie sich nur so vergreifen und einen Sadisten wählen, der sie zum Analverkehr zwang, sie und ihre Kunst herabsetzte, sie ein Leben lang entmutigte und behinderte? War es die Indoktrination ihrer Zeit – die Liebe ist das Wichtigste, die Liebe ist der Sinn des Frauenlebens, die Liebe lässt alles vergeben und vergessen, die Liebe ist treu, die Liebe ist Ewigkeit?

Nivison liebte das Monster Hopper bis zum Ende, eine Liebe, die konstant blieb und alles, was er ihr antat, ausblendete. Sie liebte den Mann, der ihre Kunst aktiv verhinderte. Wie viele andere Künstlerinnen wurden aktiv verhindert durch ihren malenden Mann, denn es könnte jemand entdecken – wie es bei Nivison tatsächlich zutraf –, sie ist besser als ihr Mann. »Zwei können nicht Künstler sein«, antwortete mir die Frau eines recht mittelmäßigen deutschen Künstlers auf meine Frage, ob sie auch künstlerisch arbeite. Nach zwei kleinen Arbeiten habe sie aufgehört. Aber vielleicht wäre sie besser gewesen als ihr Mann? Warum hängte sich Nivison an Hopper, und warum blieb sie hängen? Warum kehrte Modersohn-Becker von Paris zu Modersohn nach Worpswede zurück? Die Liebe ging vor. Liebe oder Kunst – nicht mehr wählen zu müssen; welcher Mann muss so wählen? Der männliche Künstler gewinnt durch die Ehe. Künstlerinnen, die ihr Leben der Kunst verschreiben, Kunst vor Liebe setzen, bleiben noch heute häufig ohne Mann. Das war für Nivison nicht möglich – sie war im männlichen System gefangen wie die anderen Künstlerinnen ihrer Zeit, wie die Handvoll Galeristinnen und Kritikerinnen, die sich in diesem System bewähren mussten. Es war die Zeit vor der zweiten Frauenbewegung.

Ich wünschte, Nivison und Herrera hätten sich gekannt, sie lebten beide in Manhattan; ich wünschte, sie wären befreundet gewesen, die alte weise Nivison und die junge Herrera, die gerade aus Paris zurückkam. Oder schon früher, als Herrera aus Kuba nach New York kam. Sie hätten sich unterstützen können; sie hätten zusammen lächeln können über die seltsamen Vorkommnisse in der Kunstwelt, die sie beide durchschauten. Zwei starke Frauen, der Malerei verschrieben, die warteten und warteten, auf Anerkennung, auf Wahrnehmung, auf eine Ausstellung, auf eine Zeile in einer Rezension, auf minimale Unterstützung, auf einen einzigen Kauf, auf ein bisschen Liebe.

Der Kritiker Robert Coates fragte Edward, nachdem er Jos Arbeiten in der Greenwich Gallery gesehen hatte: »Warum war Ihre Frau die ganze Zeit über im Gebüsch versteckt?« Edward antwortete: »Sie ist sehr bitter darüber.« Darauf Coates: »Meine Frau ist auch bitter; sie schreibt.« (Levin, S. 516)

Was vorüber ist
ist nicht vorüber.
Es wächst weiter
in deinen Zellen
ein Baum aus Tränen
oder vergangenem Glück

Rose Ausländer

Das Leben leidenschaftlich lieben

Das Leben leidenschaftlich lieben, ist ein Wortspiel.

Wenn wir das Leben nicht leidenschaftlich lieben können, spielen wir wenigstens mit den Worten. Aber wie kommen wir zu den Worten, wie kommen die Worte ins Spiel?

Das Leben leidenschaftlich lieben, ist eine Sehnsucht.

Das Leben leidenschaftlich lieben, ist eine Fehlleistung.

Das Leben leidenschaftlich *leben,* war die Absicht. Aber wer kann schon das Leben leidenschaftlich leben? Das *Leben leben,* war die Absicht. Es bleibt nichts anderes: Wir müssen das Leben leben.

Das Leben leidenschaftlich lieben, ist eine Anmaßung.

Zwischen Sehnsucht und Anmaßung.

Eine Germanistin im Ruhestand, Österreicherin, alleinstehende Mutter, ein halbes Leben als Professorin in den USA tätig, sagte mir: Nur zweimal habe ich mein Leben leidenschaftlich geliebt: einmal in einer großen Verliebtheit und einmal in einem großen beruflichen Erfolg. Was sollen da die Frauen antworten, denen nie eine Liebe gelang, bei denen der große berufliche Erfolg ausblieb, die gar keinen Beruf, nur Arbeit und Mühsal hatten in ihrem Leben?
Das Leben lieben – vielleicht, aber leidenschaftlich? Das passt nicht für mich. Es ist übertrieben, zu anspruchsvoll, anmaßend.

Das Leben leidenschaftlich lieben, ist ein Privileg für wenige.

Frauen lieben das Leben leidenschaftlich, ist ein falscher Satz.

Das Leben leidenschaftlich lieben, bedeutet: es genießen, es auskosten, ohne Rücksicht auf andere, destruktiv, es nehmen, ohne Rücksicht auf sich selbst, selbstzerstörerisch, egoistisch, eigenmächtig – das bin ich nicht. Vielleicht trifft das Prädikat zu auf Henry Miller, Ernest Hemingway, Bertolt Brecht, Albert Einstein, Ludwig II. von Bayern, Ludwig XIV.

Das Leben leidenschaftlich lieben, ist eine Anmaßung für uns Frauen.

Fußnote: »Das Leben leidenschaftlich lieben« war das Thema der Frauensommerakademie in Boldern in der Schweiz im Jahr 1994. Mein Text stand am Anfang und diente der Einführung in diese kreative Woche in einem heißen, strahlenden Sommer am Zürisee.

Ich lasse viele Frauen zu Wort kommen, die das Leben liebten, ihr Leben für etwas einsetzten, ein Engagement lebten, Frauen, die ich bewundere und verehre. Ich betrachte mein eigenes Leben in Ausschnitten, meine Freundinnen, meine Kinder, den Tod meiner Eltern. Auch geliebte Männer, geliebte Länder, geliebte Landschaften tauchen auf.

Ich spreche unsere Sehnsucht an, das Leben leidenschaftlich und menschlich zu leben, so dass wir es dem Tod entgegensetzen können: Das Leben leidenschaftlich lieben, ist die Antwort auf den Tod.
(Ende des Fußnotentextes)

Die Frauen, die es sich anmaßen, das Leben leidenschaftlich zu lieben, zerstören sich selbst, enden in Selbstmord, in der Psychiatrie, in der Sucht, in der Krankheit: Virginia Woolf, Ulrike Meinhof, Emilie Kempin-Spyri, Camille Claudel, Romy Schneider, Janis Joplin, Sonja Kowalewskaja, Else Lasker-Schüler, Ingeborg Bachmann, Petra Kelly.

Frauen, die das Leben leidenschaftlich lieben, gehen zugrunde.

Frauen lieben das Leben leidenschaftlich, ist ein abweichender Satz.

Das Leben leidenschaftlich lieben, ist ein maskulines Konzept, das für uns Frauen nicht zutrifft.
Und so war auch mein erster Gedanke, als ich das Thema hörte, ich bin die falsche Referentin, ich bin hierfür nicht zuständig, ich lebe in der Vergangenheit, ich bin für den Tod zuständig, nicht für das Leben.

Das Leben leidenschaftlich lieben, ist ein Moment des Glücks.

Mein Leben ist zu hart, als dass ich es leidenschaftlich lieben könnte; ich habe zu viel Verantwortung, als dass ich mich hineinstürzen könnte, mich rückhaltlos einlassen könnte. Ich bin seit zehn Jahren allein für meine drei Kinder zuständig – damals waren sie vier, sechs, acht Jahre alt.

Das Leben leidenschaftlich lieben, ist ein Luxus.

Ein Luxus für Männer, der uns Frauen nicht zusteht. Männer können ihren Wünschen folgen – Tausende, als sich die Mauer öffnete, folgten ihrer Sehnsucht, in Westdeutschland zu leben, und verließen ihre Kinder und Frauen; Männer können ihren Leidenschaften folgen, wo sie sie hinführen – wenn dabei Kinder und Frauen auf der Strecke bleiben, so ist das nicht zu ändern; Männer können ihre Selbstverwirklichung verfolgen – ohne soziale Verantwortung. Sie können, besessen von einer Idee oder vom eigenen Erfolg, einer Sache nachgehen und dabei anderes vernachlässigen; sie können ihre Konzentration auf etwas setzen, auch auf Kosten anderer. Sie können leidenschaftlich Wissenschaftler, Ärzte, Politiker, Anwälte, Künstler, Schriftsteller sein, während ihre Kinder ohne sie aufwachsen müssen.

Das Leben leidenschaftlich lieben, ist ein Luxus für Männer.

Wir Frauen müssen das Leben leben, weil wir für das Leben anderer Verantwortung haben. Wir Frauen müssen überleben.

Meine Kinder erhalten mich am Leben.

Chris, eine amerikanische Freundin, verheiratet, drei Kinder, sagte mir, dass der Tod ihrer Mutter einen tiefen Einschnitt in ihrem Leben bedeutete – I thought about everything differently – ich dachte danach über alles anders. Jahrelang hatte sie Angst, dass ihr etwas zustoßen könnte und ihre Kinder ohne Mutter wären. Sie veranlasste ihren Mann, eine Versicherung für sie abzuschließen, so dass die Kinder wenigstens eine Kinderfrau haben würden, denn ihre ständige Frage war: how can I be without a mother – wie kann ich ohne Mutter sein, leben, überleben? Erst jetzt, wo ihre Kinder 11, 13, 17 sind, geht ihre Angst zurück: Jetzt könnten sie allein – mit dem Vater – überleben.

Zwischen Sehnsucht und Anmaßung.

Sollen wir die leidenschaftliche Liebe zum Leben anstreben, wollen wir dieses maskuline Konzept einnehmen, für uns besetzen, umdefinieren? Müssen wir nicht vorrangig anderes tun im Leben, andere füttern, fördern, stützen, ernähren, betreuen, pflegen, damit sie ihr Leben entwickeln oder human beenden können? Muss unsere eigene Befriedigung, müssen unsere Wünsche oder gar Leidenschaften vor diesen Aufgaben nicht in den Hintergrund treten? Steht es uns Frauen überhaupt zu, unser Leben leidenschaftlich zu lieben oder bleibt es eine Sehnsucht? Und wäre es überhaupt möglich, die Sehnsucht zu verwirklichen? Haben wir so viel Freiheit, um das Leben leidenschaftlich lieben zu können, so viel Autonomie, so viel Unabhängigkeit, um unser Leben mit Leidenschaft, mit Feuer, mit Funken, mit Hingebung, mit Herz und Seele zu leben? Oder ist ein gleichmäßiges, leidenschaftsloses Leben realistisch für uns? Können wir uns Leidenschaft, Ekstase leisten oder entscheiden wir uns zwischen Leidenschaft und Sicherheit für das Letztere? (Können Männer dagegen sich Leidenschaft leisten, weil ihnen immer eine Liebe sicher ist?) Würden wir, hätten wir die Wahl, die leidenschaftliche Liebe zum Leben wählen oder bleibt sie für uns eine Anmaßung?

Zwischen Sehnsucht und Anmaßung.

Das Leben nicht leidenschaftlich lieben, ist eine Verneinung.
Das Leben nicht leidenschaftlich lieben, ist eine Verneinung des Lebens.
Das Leben nicht leidenschaftlich lieben, heißt nicht leben.

Peter, ein sehr alter Freund von mir, dessen Frau Eva halbgelähmt mit fortschreitender MS lebt, sagte mir: »Ich muss das Leben leidenschaftlich lieben, denn sonst hätte ich längst aufgehört zu leben.« Vor langer Zeit und lang vor der Krankheit seiner Frau, meiner ältesten Freundin, sprachen wir über den Tod – er wollte, wenn das Sterben ansteht, mit einem Boot ins Meer hinaustreiben. Vor ein paar Jahren, als es klar war, dass seine Frau nie mehr die Segelyacht betreten könnte, hat er sie verkauft und seine große Leidenschaft, das Segeln, aufgegeben.

Das Leben leidenschaftlich lieben, ist eine Verpflichtung.

Eva liebt das Leben leidenschaftlich, sagt Peter, nachdem ich sie am Telefon kaum noch verstehen konnte. Sie liegt und kann sich kaum mehr bewegen. Ihr großer Wunsch war, die USA zu sehen. So hatten wir uns kennengelernt, im Amerika-Haus in München, mit einer Liebe zu diesem Land. Sie nahm viele Gelegenheiten nicht wahr, weil sie nicht ohne ihren Mann kommen wollte, verschob immer wieder Reisepläne und auf einmal war eine Reise nicht mehr möglich. Sie kämpft mit jeder Faser um ihr Leben. Ich habe ihr mein letztes Buch gewidmet und sie hat die Veröffentlichung erlebt.

Das Leben leidenschaftlich lieben, ist ein Kampf.

Auch meine Freundin Barbara, die die Widmung mit Eva teilen musste, hat die Veröffentlichung von *VaterSprache MutterLand* erlebt. Aber ihr Wunsch, 50 Jahre alt zu werden, blieb unerfüllt; sie starb mit 48 Jahren an Brustkrebs. Auch ihr Wunsch, im selbstgesteuerten Rollstuhl an einem Berliner Kanal entlangfahren zu können, erfüllte sich nicht mehr.

Die letzte Rose
Pascali
öffnet sich langsam
weiß
strahlt in den Dezember

noch EINEN Herbst
noch EINEN Winter
noch EINEN Geburtstag
unerfüllter Wunsch

Barbara starb
vor der letzten Rose
weiße Pascali

Barbara liebte das Leben leidenschaftlich – sie lebte in vollen Zügen, mit einer Intensität und Energie, als wäre der Vorrat unerschöpflich. Als ihr Brustkrebs diagnostiziert wurde, konzentrierte sie sich ganz auf ihre Heilung, auf das Wesentliche in ihrem Leben. Sie wählte ihre Menschen, ihre Stunden, ihre Nahrung, ihre Länder, ihre Therapien sorgfältig aus – sie lebte ganz bewusst. Sie reiste. Sie reiste nach Wien, wir flogen zusammen den schönsten Flug über die Alpen von Wien nach Zürich, an einem Föhntag, wo wir jeden Berg sehen konnten, sie besuchte mich im Schwarzwald, aber sie kam nicht mehr in die USA. Sie wollte noch ein einziges Mal Ägypten sehen, ihr Land, ihre Leidenschaft, ihre Faszination, wo ihr fremde Menschen vertraut und liebevoll begegnet waren, wo sie hingehörte. Sie sah aus wie eine ägyptische Königin. Sie flog nach Ägypten.

Das Leben leidenschaftlich lieben, ist eine Suche.

Für Barbara

Rosenblätter
kürbisgelb
pascaliweiß
dunkelrosenrot
altrosarot
orangenrot
nehme ich sie mit über den Atlantik
an ein Grab

in dem das schöne Gesicht
verwest
senfbraun
zimtbraun
erdfurchenbraun
rauchgrau
aschen
vermodernd, verwesend
streue ich sie auf das Grab

es ist Allerheiligen

Zeit
1944-1992

»Ich möchte noch 50 werden«, sagte Barbara – und starb eineinhalb Jahre vor ihrem 50. Geburtstag.
»Ich möchte noch in diese neuen Wohnungen am Tiergarten ziehen, wenn sie fertig sind, und mit dem selbstgesteuerten Rollstuhl am Landwehrkanal entlangfahren«, träumte sie – und lebte noch ein halbes Jahr in der neuen Wohnung, zu schwach, um das Haus zu verlassen und den Kanal zu sehen.
»Ich möchte noch ein wenig leben«, wünschte sie sich – und starb an ihrem Krebs und liegt unter meinen verwesten Rosenblättern im Friedhof an der Bergstraße seit zehn Jahren.

Auch meine Freundin Cornelia, eine frühere Studentin von mir, kämpft um ihr Leben. Sie ist 35 Jahre alt und hat Brustkrebs. »Noch nie habe ich all meine Intelligenz so gebraucht, all mein Wissen, all meine konversationellen Fähigkeiten wie jetzt.« »Ich habe meine Brüste vor ärztlichem Zugriff gerettet.« »Ich war in der Kur, ich habe lange nach einem guten

Haus gesucht und gefunden.« »Ich war wieder in Badenweiler im Südschwarzwald und habe mich dort richtig erholen können ... Am Ende der dritten Woche habe ich sogar die Ärztin gewechselt. Sie tat mir nicht gut, d. h. sie tat einfach zu wenig für mich. Ich musste dann an Dich denken und wie Du einmal sagtest, dass Dein Vater sicher vom Operationstisch aufgestanden wäre, hätte er gewusst, dass er das in dieser Situation gekonnt hätte. Es hat mich viel Mut und Kraft gekostet, die Ärztin zu wechseln, aber es war richtig. Der Wechsel hat mir gut getan und seit dem Tag ging es mit mir steil bergauf. Es ist ein schönes Gefühl, selbstbestimmt zu leben und zu wissen, dass ich die Verantwortung in dieser Situation übernommen habe. Und der Erfolg macht mir Mut für die Zukunft.«

Das Leben leidenschaftlich lieben, ist eine Hoffnung.

Das Leben nicht leidenschaftlich lieben, ist der Tod.

Meine Mutter gab das Leben lang vor ihrem Tod auf. Langsam hörte sie auf, sich zu bewegen, zu sehen, zu reden, zu hören. Das ist kein Leben mehr, sagte sie, als sie nur noch im Pflegeheim liegen konnte und auf die gutwilligen Hände anderer angewiesen war. Sind die Blumen aus unserem Garten, fragte sie, als es diesen Garten schon lange nicht mehr gab. Das will ich nicht mehr erleben, sagte sie, als ich eine mögliche Scheidung erwähnte. Eines Tages, als ich noch bei ihr saß, nachdem sie eingeschlafen war, fing sie an zu schreien, zu stöhnen: nie gehörte dumpfe Schreie eines Wehs von 83 Jahren, der angesammelte Schmerz, über ein Leben hin aufgestaut, der hinausgebrüllt werden muss, ehe eine Frau sterben kann. Meine Mutter brüllte wie ein Tier.

Mutter

Ich trage dich wie eine Wunde
auf meiner Stirn, die sich nicht schließt.
Sie schmerzt nicht immer. Und es fließt
das Herz sich nicht draus tot.
Nur manchmal plötzlich bin ich blind und spüre
Blut im Munde.

Gottfried Benn

Das Leben leidenschaftlich lieben, hat eine Grenze.

»Ich habe seine Hand gehalten und er ist ganz ruhig gestorben«, sagte meine Mutter, als ich ein paar Stunden zu spät aus den USA heimkam und mein Vater schon tot war. SIE musste allein sterben im Pflegeheim und hatte zur Vorbeugung schon Wochen davor allen Kontakt mit der Außenwelt aufgegeben. Auch als wir eine Woche vor ihrem Tod bei ihr waren, Pascal, Kristof und ich, und die Kinder ihr »Omi, Omi« ins Ohr riefen, wollte sie nicht mehr aufwachen. Sie wusste: Beim Sterben würde sie allein sein. Niemand würde ihr die Hand halten. Auch bei ihr kam ich zu spät, diesmal aus Berlin.

Meine Mutter

Es brennt die Kerze auf meinem Tisch
Für meine Mutter die ganze Nacht –
Für meine Mutter ...

Mein Herz brennt unter dem Schulterblatt
Die ganze Nacht
Für meine Mutter ...

Else Lasker-Schüler

Das Leben leidenschaftlich lieben, hat ein Ende.

Ich kann nicht sagen, was schlimmer ist, die Mutter zu verlieren oder den Vater. Meine Freundin Chris, die fragte, wie kann ich ohne Mutter leben, hat noch ihren Vater. Wenn beide Eltern gestorben sind, braucht es eine leidenschaftliche Liebe zum Leben, um weiterleben zu können.

Niki Giovanni: Wenn du deinen Vater verlierst, hast du immer noch deine Mutter. Wenn du deine Mutter verlierst, bist du allein, die Sicherheit ist weg. Du bist allein in jenem Boot, das auf einen Ort der Angst zutreibt.

Meine Mutter

6.9.2002
Bei einem alltäglichen Gang durch unseren Garten
Bei einem seltenen Streifzug durch der Nachbarn Wiese
Auf einem Spaziergang am Rand der Vorstadtstraße
Bückte sich meine Mutter plötzlich und pflückte
Ein vierblättriges Kleeblatt
Das Glück war selten an ihrer Seite.
Ein vierblättriges Kleeblatt
Übergroß

Fällt aus einem Buch
Meine Mutter hatte es
Gefunden
Gepresst
Über den Atlantik gesandt
Vor vielen Jahren
Meine Mutter ist seit zwölf Jahren tot.

My sun room
Full of cicada songs
Morning cicadas that sang all night
Full of sun and blue sky
Branches from my butterfly bush
Soft lilac
A rose as always
Dark red
And yellow chrysanthemums
With a touch of pink

September gift
That I cannot give to my mother.

Meine Kinder halten mich am Leben. Meine Freundinnen und Freunde halten mich am Leben. Frauen, die ich kaum kenne, die mir nah sind, halten mich am Leben.

Das Leben leidenschaftlich lieben, hat ein Ende.

Was wünsche ich mir vor dem Sterben – den Wind in den alten Bäumen um mich herum, die Vögel am frühen Morgen zu hören, einen Strauß weißer Blumen oder eine orangefarbene Rose, die Hand eines Kindes zu halten, während es schläft, ein Kindergesicht anzuschauen, die Gesichter meiner Söhne anzuschauen, während sie schlafen, in den Armen gehalten zu werden von Rosmarie, von Susanne, von Monika, von Konny, von Beate, von Ingrid, von Thomas, von Helmut, von Roland, von Franz, von Pascal, von Stefan, von Kristof.

Das Leben leidenschaftlich lieben, hat ein Ende.

Auch ich würde sie gern in den Armen halten, wenn sie sterben, auch ich würde ihnen gern beistehen, wenn sie ihre Mutter begraben müssen.

Alma, Peter und Leo begruben mit mir meine Mutter. Wir waren allein. Wir gingen zu viert hinter dem Sarg zum Grab: meine ältesten Freunde, Peter und Leo, meine Freundin Alma, die ich erst ein paar Jahre kannte. Wir schickten die Sargträger weg. Peter gab jeder von uns eine Rose, die wir ins Grab warfen. Wir gingen ruhig weg und irgendwann begann eine oder einer von uns zu reden. Peter und Leo hatten meine Mutter gekannt, sie war ihnen auch Mutter gewesen, mütterlich, liebevoll, großzügig; sie waren ihr, die gern mehr Kinder gehabt hätte, wie Söhne. Alma hatte meine Mutter nicht gekannt – sie war für mich gekommen –, meine Mutter hätte sie geliebt, wie sie alle meine Freundinnen liebte.

Das Leben leidenschaftlich lieben, ist den Tod einbeziehen.

Maria Gräfin von Maltzan riskierte immer wieder ihr Leben, wenn sie ihrem Gewissen folgend Jüdinnen und Juden rettete. Sie wurde angeschossen; sie war ständig unter Verdacht. Sie war mutig und leidenschaftlich. In einem Schloss aufgewachsen, hatte sie den Luxus eigenen Denkens und väterlichen Schutzes. Als kleines Mädchen verbot sie zum Entsetzen ihres Vaters dem preußischen König während eines Jagdbesuches, ihre Enten zu schießen. Der König gehorchte. Später versteckte sie ihren Geliebten, einen jüdischen Schriftsteller, jahrelang in ihrer Wohnung. Er war asthmatisch, lag während einer Hausdurchsuchung der Gestapo in der Couch und durfte nicht husten. Sie stellte ihm ein Glas Wasser in die Couch. Die Gestapo war von Nachbarn informiert worden und wusste, dass jemand in der Wohnung versteckt wurde. Sie durchsuchten alles. Am Ende blieb nur das Innere der Couch. Sie versuchten vergeblich, die Couch zu öffnen. Gräfin Maltzan setzte sich auf die Couch und sagte, Sie können ja durchschießen, aber dann stelle ich Ihnen den teuren Bezug und die Reparatur in Rechnung. Die Gestapo verließ die Wohnung. (Maltzan, 1986)

Das Leben leidenschaftlich lieben, heißt den Tod einbeziehen.

Gräfin Maltzan, die bis zu ihrem Tod in Berlin-Kreuzberg lebte, sandte folgende Botschaft an eine Konferenz über die Verleugnung des Holocausts nach Lancaster, Pennsylvania: Ich habe mich nie bewusst dazu entschieden, eine Lebensretterin zu werden, es war nicht geplant und es war in keiner Weise außergewöhnlich – es war selbstverständlich.

Das Leben leidenschaftlich lieben, heißt den Tod nicht fürchten.

Althea T.L. Simmons, schwarze Anwältin, Direktorin der NAACP (National Association for the Advancement of Colored People, eine der ältesten und einflussreichsten schwarzen Bürgerrechtsorganisationen der USA) und mächtige Politikerin in Washington, dachte zurück, als sie 1964, 40-jährig, nach Mississippi ging: »Ich war in einem Motel, wo die Fenster bis zum Boden gingen, und ich war gelähmt vor Schrecken. Ich stellte einen Stuhl auf das Bett in der Nähe des Fensters, dann meine Koffer darauf und nochmal einen Stuhl. Dann legte ich mich auf die Kante des anderen Bettes mit einer Hand auf dem Boden und einer Hüfte auf dem Bett. So schlief ich. Aber wir wussten, dass wenn nicht einige von uns nach Mississippi gingen und in diesen Motels übernachteten und in diesen Restaurants aßen, dann würden sich die Schwarzen, die dort lebten, nie trauen wegen der Feindseligkeit.« (Lanker, S. 35)

Das Leben leidenschaftlich lieben, ist den Tod riskieren.

Johanna Kirchner stammte aus einer Arbeiterfamilie und wurde Sozialistin. Sie verließ ihre Kinder, um im Widerstand gegen Hitler zu arbeiten. Sie ging ins Elsass und gab deutschen Flüchtlingen Schutz. Als das Elsass deutsch wurde, flüchtete sie nach Forbach und arbeitete weiter im Widerstand. Die Gestapo beobachtete sie. Als die Deutschen Frankreich einnahmen, wurde sie von der französischen Polizei festgenommen und kam in ein französisches Konzentrationslager. Sie wurde den Deutschen ausgeliefert und im Mai 1944 hingerichtet. In einem Abschiedsbrief an ihre Töchter bat sie sie, tapfer und völlig loyal zu bleiben. »Lasst euch nicht vom Schmerz überwältigen. Denkt an Goethe: stirb und werde ... bitte, bitte weint nicht ... eure Liebe und euer Mut sind mir ein Trost in meiner letzten Stunde ... eine bessere Zukunft kommt. Meine Liebe begleitet euch immer.« (Koonz, S. 319).

Das Leben leidenschaftlich lieben, ist den Tod in Kauf nehmen.

Magda Trocmé, Italienerin, Französin durch Heirat, machte während des Krieges Le Chambon in Südfrankreich zum sichersten Ort in Europa für jüdische Kinder. Zusammen mit ihrem Mann, Pastor André Trocmé, organisierte sie für etwa 4000 Kinder Verstecke – in Privathäusern, Pensionen, Heimen, Schulen – mit Warnsystemen gegen Gestapo-Durchsuchungen, fälschte Ausweise und Lebensmittelkarten, teilte ihr Haus, ihre

Nahrung, ihr Geld, lebte in ständiger Gefahr und in ständiger Überanstrengung. (Hallie, 1997, S. 30 ff.)

Sie war nicht religiös, sie half, wenn jemand in Not war und an ihre Tür kam. Es kamen Tausende an ihre Tür: »Nach einiger Zeit kamen Jüdinnen und Juden von überall her und wir mussten ihnen schnell helfen. Wir hatten keine Zeit für tiefe Diskussionen. Wir mussten ihnen helfen oder sie sterben lassen.« (Hallie, 1979/1994, S. 128)

Für Magda Trocmé gab es keine tiefere Motivation, als dass Menschen Hilfe brauchten. Sie sah zwei Individuen – eines in Gefahr und eines, das um Hilfe gebeten wurde. Für sie gab es nur die Menschen, die Verantwortung akzeptieren, und die, die es nicht tun. Jemand öffnet die Tür, so wie sie es tat, mit »Selbstverständlich, kommen Sie herein« oder schlägt sie der anderen ins Gesicht. (Hallie, S. 154)

Das Leben leidenschaftlich lieben, heißt den Tod einbeziehen.

Im Sommer 1943 machte die Gestapo ihren einzigen erfolgreichen Überfall auf eines der Häuser mit jüdischen Kindern, 8- bis 12-jährigen Kindern. Ein 25-jähriger Verwandter der Trocmés, Daniel Trocmé, arbeitete für diese Kinder. Sie wurden alle von den Deutschen gefangengenommen. Magda Trocmé erreichte die Freilassung eines spanischen Jungen, der einen deutschen Soldaten vor dem Ertrinken gerettet hatte, aber nicht die Freilassung von Daniel Trocmé – er wurde für einen Juden gehalten, weil er sich mit jüdischen Kindern identifizierte, wurde mit ihnen abtransportiert und am 4.4.1944 in Majdanek ermordet. (Hallie, S. 203 ff.)

Das Leben leidenschaftlich lieben, heißt den Tod nicht fürchten.

Irene Wosikowski aus Hamburg war Kommunistin. Mit 26 Jahren flüchtete sie vor der Gestapo nach Frankreich und arbeitete dort im Widerstand. Auch sie kam in das französische Konzentrationslager Gurs, konnte aber entfliehen. Auch sie wurde gefangen und deportiert. Am 17. September 1944 wurde sie hingerichtet. Sie schrieb ihrer Mutter, dass sie ihre Entscheidungen nicht bereute, aber dass es ihr leid täte, keine gute Tochter gewesen zu sein. »Ich trage mein Schicksal und bin sicher, Du hättest nicht gewollt, dass ich anders handle.« (Koonz, S. 320)

Das Leben leidenschaftlich lieben, ist den Tod akzeptieren.

Käthe Tucholla, 33 Jahre, Sekretärin, schrieb 1943 vor ihrer Hinrichtung an ihre Mutter: »... Mein Leben war reich ... ich bin glücklich darüber, dass ich für die Menschheit lebte.«

Elisabeth Schumacher, 38 Jahre, Grafikerin, schrieb vor ihrer Hinrichtung an ihre Mutter: »Ich wünschte, ich könnte dich trösten. Das Schlimmste für mich ist, dass ich Dir solches Leid verursachte.«

Libertas Schulze-Boysen, im August 1942 zum Tode verurteilt, schrieb an ihre Mutter: »Ich liebe die Welt. Ich habe keinen Hass. Ich habe den Frühling. Bitte, erzähl allen über mich. Unser Tod muss ein Leuchtfeuer sein.« (Koonz, S. 344)

Das Leben leidenschaftlich lieben, ist den Tod wählen.

Das Leben leidenschaftlich lieben, ist die Erinnerung bewahren.

Sophie Behr, ehemalige SPIEGEL-Journalistin, zog nach Bayern, für sie – von der Ostsee kommend – das schiere Paradies, kaufte mit einer anderen ledigen Mutter einen Bauernhof, auf dem sie alt werden und bleiben wollte, »bis sie pflegebedürftig würde und pflegebedürftig würde ich nicht.« Ein paar Jahre später fand sie heraus, dass der Hof während des Nationalsozialismus ein sogenanntes »Entbindungsheim« für Zwangsarbeiterinnen war. Zwangsarbeiterinnen entbanden hier und mussten dann sofort wieder weg, um in Fabriken weiterzuarbeiten. Die Babys blieben auf dem Hof und starben, so das Sterberegister, an Todesursachen wie »Gedärmekatarrh«, »Brechdurchfall« oder »angeborener Lebensschwäche«, d. h., man ließ sie ohne jegliche Betreuung verhungern, eingehen. Manche überlebten ihr Martyrium ein paar Monate, brauchten ein paar Monate, bis sie sterben konnten. Anstatt den Hof zu verkaufen, entschied sich Sophie von Behr zu bleiben: »Dann kam ich zu der Sicht, dass es kein Zufall war – oder doch »zu-Fall« –, etwas uns als ledigen Müttern Zugefallenes: das Erinnern an junge Frauen, die als Frauen von unmenschlicher NS-Herrschaft noch einmal auf andere Weise betroffen waren als männliche Gefangene, Zwangsarbeiter, KZ-Häftlinge«. Sie machte den Hof zu einer lebendigen Gedenkstätte, schmückt ihn häufig in allen Räumen mit Rosen, lädt Schulklassen und Frauen ein. »Ich versuche, den Hof als einen Platz der Ruhe, der Stille und – ja, Würde zu erhalten. Dazu gehört ein behutsamer Umgang mit der umgebenden Natur. Keine statische Gedenkstätte, keine Namenstafeln, die einen dann davon entbinden, weiter zu erinnern. Erinnern ist ein Prozess.« (*Lichtung*: Ostbayerisches Magazin 1/2, 1994: 16)

Das Leben leidenschaftlich lieben, ist die Erinnerung an tote Kinder bewahren.

Das Leben leidenschaftlich lieben, ist die Trauer leben.

Ruth Elias, die ihr Baby in Auschwitz selber tötete, um es vor Mengeles Experiment zu bewahren – Mengele ließ ihr die Brüste abbinden und das Baby bekam keine Nahrung und schrie tage- und nächtelang –, schrieb

Jahrzehnte nach Auschwitz ein Buch für ihre Enkelkinder, ihren Kindern konnte sie nicht über Auschwitz erzählen. Der Titel des Buches ist: *Die Hoffnung erhielt mich am Leben.*

Das Leben leidenschaftlich lieben, ist die Trauer um ein totes Kind leben.

Sarah Haffner, Malerin, verfiel nach dem Tod ihres geliebten Bruders, der auch Maler war, ihr Vorbild und ihr Mentor, in eine tiefe Depression, die über ein Jahr dauerte. Sie saß in seinem Londoner Zimmer und begann, das englische Fenster zu malen, überlebensgroß, das weinende Fenster. Ein Jahr malte sie an dem Bild. Am Ende des Jahres wurden die grünen Tränen heller, wie Blüten, rote, rosa Blüten.

Das Leben leidenschaftlich lieben, ist die Trauer überwinden.

Das Leben leidenschaftlich lieben, ist die Antwort auf den Tod.

Martine Metzing-Peyre, die mein Wortstück »Der Tod der Frau im Mann« hörte und es in ein Kunstwerk inkorporierte und mir so zur Freundin wurde, bringt die Vergangenheit in die Gegenwart ihrer Kunst. Sie lebt als Französin in Deutschland und arbeitet über Zwangsarbeiterinnen während des Nationalsozialismus und jetzt über Wäscherinnen in der Bonner Gegend, die im 19. Jahrhundert Fronarbeit leisteten und 1824 beschlossen, an einem Tag im Jahr auch zu feiern. Sie führten die Weiberfasnacht ein.

Das Leben leidenschaftlich lieben, ist die Trauer überwinden.

Das Leben leidenschaftlich lieben, ist der Widerstand gegen die Unterdrückung.

Das Leben leidenschaftlich lieben, ist die Antwort auf den Tod.

Martine entstammt einer alten hugenottischen Familie in Südfrankreich. »Das bedeutete jahrhundertelange Verfolgung, Schikane von den Mächtigen der französischen Monarchie und der Kirche. Das bedeutete ständige Wachsamkeit, Identifizierung mit den Unterdrückten und ein Leben im Widerstand. Meine Urgroßmutter war um 1860 herum eine Feministin und mein Ururgroßvater ist aus Deutschland ausgewandert, wahrscheinlich aus politischen Gründen. Ich lebe in Deutschland. Meine Familie zeichnet sich dadurch aus, dass wir nie völlig dazugehören, dass wir immer Fremde sind – überall.«

Das Leben leidenschaftlich lieben, ist Widerstand.

Das Leben leidenschaftlich lieben, ist heimatlos.

Das Leben leidenschaftlich lieben, ist grenzenlos.

Ich kann nicht nur das Leben meiner Kinder verteidigen, das Leben deutscher, Schweizer, amerikanischer, weißer Kinder, weil meine Kinder – wirklich ganz zufällig – weiß, deutsch und amerikanisch sind.

Das Leben leidenschaftlich lieben, ist alle Kinder lieben.

Barbara Jordan, 1966 erste Senatorin von Texas, Mitglied des US-amerikanischen Kongresses seit 1972, für drei Legislaturperioden, Professorin an der University of Texas, Austin: »Die menschliche Verbindung muss das Problem lösen. Ja, diese Kinder sind vielleicht hauptsächlich schwarz oder braun oder was immer, aber sie sind menschlich. Und ich sage zu den Weißen, dass ihr sehr kurzsichtig seid, wenn ihr sagt, es sind nicht eure Kinder. Es sind eure Kinder, weil wir alle für alle anderen stehen.

Das ist das menschliche Band, das uns verbindet.« (Lanker, S. 31)

Das Leben leidenschaftlich lieben, ist unteilbar.

Marian Wright Edelman, erste schwarze Anwältin in Mississippi, Gründerin des Children's Defense Fund, eines Fonds zur Verteidigung von Kindern, 1973: »Ich bin eine Außenseiterin. Ich bin kein linearer Mensch. Ich könnte nicht als Beamtin arbeiten. Was ich sehen möchte, ist, dass dieses Land hungrige Kinder füttert. Was ich als Erbe hinterlassen möchte, ist ein System, das besagt: kein einziges Kind wird alleingelassen oder lebt in Unsicherheit.« (Lanker, S. 121)

Das Leben leidenschaftlich lieben, ist alle Kinder lieben.

Das Leben leidenschaftlich lieben, ist ohne Heimat.

Anna Rosmus entdeckt als Abiturientin die verschwiegene nationalsozialistische Vergangenheit ihrer Heimatstadt Passau. Es gab keine Juden, sagte ihr der katholische Bischof, der als Kind neben einem jüdischen Mädchen in derselben Klasse saß; es gab kein Judenproblem, denn der Bürgermeister brachte die jüdischen Familien eigenhändig zum Bahnhof, sie mussten gehen, ihr Eigentum wurde konfisziert. Rosmus findet antisemitische, hasserfüllte Zeitungsartikel, sie findet heraus, dass es Konzentrationslager gab in Passau und in der nahen Umgebung, sie findet heraus, dass ein Arzt 220 Abtreibungen bei Zwangsarbeiterinnen vornahm, dass die Babys von Zwangsarbeiterinnen vergiftet wurden. Sie fragt, warum die eingravierten Namen von 250 Juden auf einem Denkmal ausgelöscht sind, aber die Namen von Nationalsozialisten Einwirkungen des Wetters überstanden. Sie ist mutig in Passau und sie verfolgt ihre Frage nach Passaus Vergangenheit während des Nationalsozialismus mit Leidenschaft. Ihr Leben wird dadurch nicht einfacher. Nach

14 Jahren Kampf verlässt sie mit ihrer Familie Passau und zieht nach Washington, D.C.

Das Leben leidenschaftlich lieben, ist Widerstand.

Chân Không, buddhistische Nonne aus Vietnam, die als junges Mädchen die Frage stellte: «Warum tun Buddhistinnen und Buddhisten nichts für die Armen und Hungernden?«

Sie ging in die Slums von Saigon und brachte den Hungernden Reis, den sie unter FreundInnen gesammelt hatte, sie half den Opfern des Krieges und der Überschwemmungen, später den »boat people«, die in Schiffen aus Vietnam flüchteten.

Sie verband soziale Arbeit mit Buddhismus und mit Pazifismus.

Sie erlebte die Bomben und sah aus der Nähe, wie die vietnamesischen Menschen litten – auf beiden Seiten, im Süden und im Norden, unter den gleichen Bomben, vor allem die Kinder:

»Ich sah so viel Tod und Verzweiflung, und ich lernte, wir müssen um jeden Preis und mit aller Macht gegen den Krieg Widerstand leisten. Wenn ein Krieg erst mal begonnen ist, dann gewinnt er ein Momentum, das wir nur mit äußerster Mühe einhalten können.« (Không, S. 118)

Sie ließ sich nicht vereinnahmen von der einen oder anderen Seite und wurde von beiden Seiten verfolgt. Sie sah genau hin und half, wo sie konnte.

Und immer wieder die Kinder, ein von Bomben getroffenes Baby brachte sie auf ihrem Motorrad aus dem Kriegsgebiet, nord- und südvietnamesische Soldaten auf beiden Seiten der Straße. Als sie nicht mehr nach Vietnam zurückkehren durfte, ging sie nach Thailand und arbeitete in den Slums von Bangkok:

»Mehr als alles wollte ich den hungernden Kindern von Vietnam helfen. Wenn ich das im Augenblick nicht konnte, warum sollte ich dann nicht nach Thailand oder Bangladesch gehen und dort für soziale Veränderung arbeiten. Es gab so viel Elend auf der Welt.« (Không, S. 179)

Das Leben leidenschaftlich lieben, ist alle Kinder lieben.

Und immer wieder die Identifizierung:

»Sie sind doch Menschen wie ich, warum müssen sie so sehr leiden?« (Không, S. 69)

Das Leben leidenschaftlich lieben, ist ohne Grenzen.

Ich lernte Chân Không vor ein paar Jahren kennen. Eine buddhistische Woche mit Thay Nath Hanh, ein heißer Sommer in Massachusetts, für mich nur mit Klimaanlage zu bewältigen. Ich redete mit Chân Không über ihr Buch, den englischen und deutschen Buchtitel, inzwischen ist es auf Deutsch erschienen: *Aus Liebe zu allen Wesen*. Sie hatte eine große Präsenz, sie, die erst spät als Nonne geweiht wurde, die aber immer schon wie eine Nonne lebte, einfach aß, nur ein paar Kleidungsstücke besaß, gut ohne Kosmetik und eigenes Bankkonto auskam, sie, die die Diamanten ihrer Eltern für ein Projekt verwendete. Ich hatte ein handbemaltes, langes, weites Seidenkleid bei mir, von einer italienischen Künstlerin für mich gemalt und genäht, in den Farben, die ich gewählt hatte: schokoladenbraun mit orangenen Flecken, zufällig waren es die Farben der Nonnen und Mönche aus Plum Village und Green Mountain. Ich wollte es Chân Không schenken, ein kühles Nachtgewand für den Schlaf ohne Klimaanlage. Würde sie das Kleid annehmen, würde sie es nachts tragen, fragte ich sie. Nie vergesse ich ihr schönes, gelassenes Lächeln, als sie mich ansah und den Kopf schüttelte.

Das Leben leidenschaftlich lieben, ist ohne Grenzen.

Ruby Middleton Forsythe, 1905 in Charleston, South Carolina geboren, über 60 Jahre lang Lehrerin, sagt: »Ich mag keine erzwungene Integration. Vielleicht habe ich nicht Recht, aber ich mag überhaupt nichts Erzwungenes. Als Kind lebte ich in einer weißen Gegend mit weißen Nachbarn neben uns. Wir sind zu ihnen gegangen und sie zu uns. Wenn sie irgendetwas hatten, hatten wir es auch. Wir lebten wie EINE Familie. Wir dachten überhaupt nicht an Integration.« (Lanker, S. 87)

Das Leben leidenschaftlich lieben, ist ohne Farbe.

Coretta Scott King: »Ich war und bin immer noch überzeugt, dass die Frauen der Welt, vereint ohne Berücksichtigung nationaler oder rassischer Dimensionen, eine überaus große Kraft für Frieden und Geschwisterlichkeit werden können.« (Lanker, S. 80)

Das Leben leidenschaftlich lieben, ist ohne Grenzen.

Das Leben leidenschaftlich lieben, ist die Antwort auf den Tod.

Daisy Bates, Herausgeberin der *Arkansas State Press*, führte 1957 den historischen Kampf der Neun von Little Rock um die desegregierte High School: »Das Telefon klingelte ständig mit Drohungen. Sie zerbrachen die Fenster mit Steinen. Sie verbrannten Kreuze in unserem Garten, riesige, ständig. Und sie zündeten unser Haus an. Eines Nachts wollte ein

Mann einen Molotowcocktail werfen. Ich schoss mit meiner Pistole über seinen Kopf; er duckte sich und ließ den Molotowcocktail fallen. Das nächste Mal nahm die Polizei ein paar Leute fest, die genügend Gewehre und Munition hatten, um die ganze Stadt in die Luft zu jagen. Dynamit, alles. Ich sollte irgendwo anders bei Freunden übernachten. Ich sagte: ›Wieso? Das ist mein Haus, ich wohne hier, ich bleibe hier.‹«
(Lanker, S. 73)

Das Leben leidenschaftlich lieben, ist lebbar.

Das Leben leidenschaftlich lieben, ist die Antwort auf den Tod.

Jenseits von Sehnsucht und Anmaßung.

Das Leben leidenschaftlich lieben, ist leben.

Meine Freundin Chris: »Ich liebe das Leben nicht immer, aber ich liebe es leidenschaftlich.«

Rosa Luxemburg: »Das Leben soll sein wie eine Kerze, die an beiden Enden brennt.«

Marva Nettles Collins, Gründerin einer Schule für benachteiligte schwarze Kinder in Chicago: »Ich kann die Welt nicht ändern, aber ich muss mich nicht anpassen.«

Das Leben leidenschaftlich lieben, ist leben.

Gräfin Maltzan solidarisch mit den Juden und Jüdinnen
Sophie Behr solidarisch mit den ausländischen Zwangsarbeiterinnen und ihren Babys

Ruth Elias solidarisch mit ihrem Kind
Martine Metzing-Peyre solidarisch mit den Zwangsarbeiterinnen von Bonn und den Wäscherinnen von Beul
Anna Rosmus solidarisch mit den Passauer Juden und Jüdinnen und den polnischen, ukrainischen, russischen Zwangsarbeiterinnen
Ruby M. Forsythe solidarisch mit den schwarzen Kindern
Coretta Scott King solidarisch mit den Frauen aller Nationen und Rassen

Daisy Bates solidarisch mit den schwarzen Frauen und Männern von Arkansas
Rosa Luxemburg solidarisch mit den Arbeitern und Arbeiterinnen aller Länder
Marva Collins solidarisch mit den Jugendlichen der Slums von Chicago

Das Leben leidenschaftlich lieben, ist keine Utopie.

Ich hörte von einer Engländerin, die mit einem VW-Bus nach Sarajevo fuhr und verwundete Kinder herausholte.

»Es sind eure Kinder.«

Ich las in *Sarajevo: A War Journal* von Zlatko Dizdarević über zwei bosnische Geschäftsleute, die im ärmsten Viertel von Sarajevo kofferweise ihr Geld austeilten, damit andere sich Brot kaufen konnten.

Das Leben leidenschaftlich lieben, ist keine Utopie.

Aber es muss Leben sein und nicht langsames Sterben und es darf uns nicht durch die Finger fließen, ein Alltag nach dem anderen, bis zur Frage: War das alles, wenn wir 50, 52, 54 sind? Das kann doch nicht alles gewesen sein. Es muss schon ein Glück und eine Beglückung sein, ein

Genuss und eine Lust, und einmal eine Liebe.

Ludwig – eine Liebe.

Vor langer, langer Zeit.

»Das Amulett habe ich von deiner Mutter bekommen, vor langer, langer Zeit. Trag Du es. Herzlich, Papi.«

Zum 18. Geburtstag von unserem Sohn, Kristof, 30. Juni 1994

Vor langer, langer Zeit.

1. Juli 1994 sehr früh am Morgen

Lieber Ludwig,

es hat mich berührt, dass Du Kristof das Amulett schenktest, das ich Dir einmal gab – ich weiß nicht mehr wann oder wo oder zu welchem Anlass – »vor langer, langer Zeit« also. Aber ich habe es dann doch wiedererkannt.

Meine Trauer um diese Zeit ist groß und unaufhebbar und ich werde sie bewahren und behalten.

Senta

P.S. Auch der Schmerz – was wir unseren Kindern angetan haben – ist unaufhebbar. Nicht wiedergutzumachen. All die Tränen, Enttäuschungen, die inneren Tränen.

Eine Szene in Lancaster, vielleicht 1988: Wir spielen Musik in der Küche beim Abspülen – Stefan verschwindet, sitzt auf den Stufen vor dem Haus und weint: Ich muss an den Papi denken.
Die Gesichter der Kinder, wenn sie an Dich denken – die inneren Tränen.

Vor langer, langer Zeit.

Denn jetzt, sechs Jahre, acht Jahre, zehn Jahre nach der Trennung kommen keine Tränen mehr bei den Kindern. Nur noch meine.

1994: Kristof (17 J.): »Mami, wein nicht.«
»Ich wein ja nicht.«

1992: »Ich lieb ihn immer noch.«
Kristof (15 J.): »Ich weiß.«

1984: Pascal (4 J.): »Mami, hül nicht.«

1. Juli 1994: Stefan (16 J.): »Was ist mit deinen Augen?«
»Ich hab geweint.«

Maya Angelou: »Ich weine viel. Ich danke Gott, dass ich auch viel lache. Die Hauptsache ... ist es zu versuchen, dass man so viel lacht, wie man weint.« (Lanker, S. 162)

Vor langer, langer Zeit.

Eine Liebe hört nie auf.

Orte meines Glücks: Zlarin, Insel vor Šibenik; La Paguera, Südküste von Puerto Rico; La Jolla, Südkalifornien; der Bodensee. Ich muss zurück an diese Orte, immer wieder, um sie nicht zu verlieren, um sie festzuhalten.

Immie, meine alte, weise Freundin: »Hör endlich auf, dich zu quälen.« Aber ich muss zurück, immer wieder, jedes Jahr.

Eine Liebe hört nie auf.

Auch wenn sie verloren ist.

Drachenburg, Gottlieben, Schweiz, 27. Mai 1973 – oder war es der 28. Mai? –, es war jedenfalls ein Sonntag. Der Sonntag, an dem wir uns trafen, der Tag, seit dem wir zusammenblieben, Tag und Nacht für fünf Jahre, fünf Jahre lang.

Vor langer, langer Zeit.

Acht Wochen später heirateten wir – oder waren es zehn? – und aßen wieder in der Drachenburg. Ganz allein. Und wir versprachen uns, dass wir nach unserer Scheidung nochmal hier essen würden. Nie könnten wir uns dann trennen. Und glaubten fest daran. Wir waren so sicher.

Vor langer, langer Zeit.

Unsere Scheidung war 19 Jahre später – oder waren es 18? – und wir waren weit entfernt von der Drachenburg und unserem Versprechen. Ich lebte in den USA – niemand und nichts hätte mich bewegen können, in das Stuttgarter Gericht zu gehen und die Scheidung erleben zu müssen, eine Liebe aufzugeben, die Untreue zu besiegeln, die Verletzung hinzunehmen, das Versagen einzugestehen, ein Ende zu konstruieren, das kein Ende ist.

Eine Liebe hört nie auf.

Ludwig – eine Liebe
Hauke – eine Zartheit
Paul – eine Bezauberung
Thomas – eine Verzückung
Vlado – eine Versagung
Jim – eine Hörigkeit
Alex – eine Erotik
John – eine Leichtigkeit
Manfred – eine Faszination
Pablo – ein Weinen
Silvio – ein Geheimnis

Eine Liebe hört nie auf.

Die Liebe ist ein Hinweis darauf, dass Leben war.
Die Liebe eröffnet die Möglichkeit zum Leben.

Die erste Liebe, der erste Kuss, der erste Orgasmus.

Ich erzähle meinem Sohn Stefan von meinem ersten Kuss, ich weiß genau, wo und wann und wer es war – nur seinen Namen habe ich vergessen –, ich hatte keine Ahnung, dass es so aufregend sein könnte, sage ich zu Stefan.

Das Leben leidenschaftlich lieben, ist eine Überraschung.

Das Leben leidenschaftlich lieben, ist ein Abenteuer.

Ich habe mich eingelassen auf meine Überraschungen und meine Abenteuer.

Ich bin am Rhein entlanggegangen.
Ich bin auf dem Bodensee gefahren.
Ich schwamm im Atlantik und Pazifik und tauchte in der Karibik.
Ich erhielt Briefe von unbekannten Frauen und schrieb Briefe an unbekannte Frauen.
Ich schickte als Kind Pakete mit Lebensmitteln in die DDR und ich schickte als Erwachsene Koffer mit Lebensmitteln nach Jugoslawien.
Ich schätze den Luxus, dass ich nachdenken kann in der Sonne von Pennsylvania, umgeben von alten Bäumen und unendlichem Vogelgezwitscher des Frühlings oder insistierenden Zikaden des Spätsommers, während andere Frauen zwei Straßen von mir drei Jobs arbeiten, um sich und ein Kind zu ernähren.
Die Liebe zum Leben fällt mir nicht in den Schoß, ich muss sie jeden Tag herstellen, ich muss sie üben, die Lebensfreude, die Lebenskraft, ich muss sie lernen, ob ich begabt bin oder nicht, ob ich lebensfroh bin oder nicht.

Das Leben leidenschaftlich lieben, ist eine Aufgabe.

Ich muss mich kümmern um das Leben meiner wilden Hasen in meinem Garten, das Leben der gerade ausgeschlüpften Vögel in meiner Hecke, das Leben meiner Rosen und Azaleen, und um das Leben meiner Kinder.

Ich habe mich eingelassen auf mein Leben mit meinen Kindern – Überraschung, Abenteuer, Genuss, Mühe, Überanstrengung, Überforderung.

Ich will ihre Stimmen hören, wenn sie sich friedlich unterhalten, ihr Lachen am Abend, ich will ihre entspannten Gesichter sehen, wenn sie endlich eingeschlafen sind, ihre lebhaften Gesichter, wenn sie ihre Erfolge berichten, ihre nachdenklichen Gesichter, ehe sie mir sagen, was ich falsch gemacht habe, ihre schönen Gesichter. Ich will ihren Charme, ihren Zauber, ihre Zurückhaltung, ihren Takt, ihren Humor genießen, und ab und zu eine Geste, einen Gesichtsausdruck, ein hinreißendes Lächeln, das mich an ihren Vater erinnert.

Das Leben leidenschaftlich lieben, ist die Erinnerung bewahren.

Die höchste Beglückung: ein kleines Baby zu halten, zu wiegen, zu stillen. Die vollkommene Zufriedenheit: neben einem Baby einzuschlafen und aufzuwachen, es nachts zu spüren. Und am Morgen kommen Kristof und Stefan vier- und zweijährig, um das Baby zu bewundern, setzen sich still hin und warten, bis es aufwacht, um es dann sogleich zu küssen, zu streicheln, zu stupsen. Was für ein Aufwachen haben sie Pascal immer wieder bereitet.
Ursa Krattiger fragte mich damals: Ist es unbedingt notwendig, ein Kind zu haben, versäume ich etwas, wenn ich kinderlos bleibe?
Ich sagte ihr: Es ist absolut notwendig. Um nichts in der Welt möchte ich dieses Erlebnis missen. Ich musste es ein zweites und ein drittes Mal erleben. Ich konnte mich nicht eher zufriedengeben.
Ursa war bald darauf schwanger.

Das Leben leidenschaftlich lieben, ist ein Kind lieben, beschützen, bemuttern, beschenken, verteidigen, trösten, in den Armen halten, seine Verletzungen spüren.

»Es sind eure Kinder.«
Sie sind alle unsere Kinder.

Die verstümmelten Mädchen in Indien, die elternlosen Kinder von Ostbosnien, die auf den Straßen in Westserbien leben, die obdachlosen Kinder in den amerikanischen Städten, die bettelnden Kinder in Mexico City und in Manila.

Sie sind alle unsere Kinder.

Beah Richards, Schauspielerin, Dichterin, Dramatikerin, 1926 in Mississippi geboren: »Ich habe mich entschieden, kein Kind in die Welt zu bringen, um nichts in der Welt. Ich liebe Kinder, aber das wiederholte Leiden, das das Leben an sich hat, wünsche ich niemandem. Ich kann Kinder nicht leiden sehen.« (Lanker, S. 59)

Ich kann meine Kinder vor Verletzungen nicht bewahren, körperlichen Verletzungen, seelischen Verletzungen.

Kreta im September 1982 – Stefan war vier Jahre alt mit langen blonden Haaren. Wir saßen am Strand. In der Nähe lag ein kleines Restaurant auf dem Hügel oben, wo wir des Öfteren aßen. Die alte Frau, die kochte und hinter der Theke stand, und ihr Sohn, der bediente, kannten uns schon. Wir schickten Stefan hoch, um uns etwas zu trinken zu holen. Er kam weinend zurück und erzählte, der Mann habe lachend seine Brustwarzen ganz fest gedreht und gezwickt und ihm sehr weh getan. Er fand keine Erklärung dafür, warum der Mann, der ihn doch kannte, ihm das angetan hatte, und fragte uns immer wieder: Aber warum hat er das getan, warum hat er mir wehgetan.
Meine Erklärung, dass der kretische Kellner Stefan für ein Mädchen hielt und schon vierjährige Mädchen unter Männern zu leiden haben, hätte Stefan nicht befriedigt.

Kristof kam dreizehnjährig weinend von seinem ersten Schultanz in Lancaster nach Hause. Er schluchzte. Kein einziges Mädchen hatte mit ihm getanzt.
Ich gab danach sehr viele Tanzpartys für meine Kinder, von allen Eltern in Lancaster, wahrscheinlich Pennsylvania, vielleicht auf der Welt halte ich den Jahresrekord. Und es gab EINE Regel: Jede kann jeden um einen Tanz bitten und niemand kann ablehnen. »Aber wenn ich ihn überhaupt nicht mag?«, fragte ein Mädchen.
»Dann tanzt du auch mit ihm, du brauchst ihn nicht zu heiraten, du tanzt nur mit ihm, vielleicht magst du ihn am Ende des Tanzes ein bisschen mehr.«

Das Leben leidenschaftlich lieben, ist tanzen.

Das Leben leidenschaftlich lieben ist ein Tanz, ein Lied, ein Genuss.

Ich habe mein Leben genossen.
Ich bin mit Stefan sehr weit in den See in Maine hinausgeschwommen, um uns herum tauchten die schönsten Enten der Welt, die LOONS.
Ich habe mit Pascal, als er fünf Jahre alt war, in 2000 m Höhe im Schnee in den Schweizer Bergen mein erstes richtiges Schach gespielt, ein mehrstündiges Spiel bis zum Ende, ich hatte vorher nie die Geduld gehabt für ein Endspiel. Er brachte mir Geduld und Schach bei.
Ich habe Kristof in San Diego, Südkalifornien, seinem Geburtsort, den schönsten Tennisplatz der Welt gezeigt. Wir saßen dort ohne Tennisschläger und schauten auf den Pazifik und ich erzählte ihm, dass er als Baby dort in einem Körbchen lag, während ich mit seinem Vater spielte.

Das Leben leidenschaftlich lieben, ist das Leben genießen.

Rosa Luxemburg schrieb aus dem Gefängnis: »Auf der Mauer gedeiht das Unkraut. Neben einigen Pflanzen, die verwelkt sind, sprießen andere unbezwingbar. Und eine ganze Generation junger Bäume ist im Frühling vor meinen Augen herausgeschossen, mitten auf dem Weg oder aus den Mauerspalten. Eine kleine Akazie, ein Spross vom alten Baum, kleine weiße Pappeln, die vorigen Mai zur Welt kamen, haben schon dichte weiß-grüne Blätter, die graziös im Wind wehen wie das Laub des alten Baumes.« (Luxemburg, S. 27) Rosa Luxemburg lebte noch im Gefängnis aus vollen Zügen, schöpfte das Leben aus, ließ sich nicht beschränken und einschränken, verarmte nicht, blieb in Verbindung, in Beziehung mit geliebten Menschen, liebte ihr Leben und liebte das Leben aller Kreaturen.

Das Leben eröffnet die Möglichkeit zur Liebe.

Unvergesslich ihre Schilderung der wilden, rumänischen Buffalos, die die deutschen Soldaten als Trophäen aus dem Krieg mitgebracht hatten und als Zugtiere benutzten: »Sie sind schwarz und haben große, gütige Augen. Sie wurden gnadenlos geprügelt – das Recht der Sieger, vae victis, wehe den Besiegten. Sie werden rücksichtslos ausgebeutet, mit schweren Lasten beladen, rasch zu Tode gearbeitet.« Eines Tages sieht sie, wie ein Soldat einen Zug Buffalos mit einer Peitsche schlägt und schlägt, bis ein Gefängniswärter ihn entrüstet fragt, ob er denn kein Mitleid mit Tieren hätte. Nicht mehr als irgendjemand für uns hat, ist die Antwort und lachend schlägt er weiter. Endlich überwinden die Buffalos das Hindernis und die Last kann abgeladen werden. Sie stehen still, völlig erschöpft, einer blutet, »er hatte den gleichen Ausdruck auf seinem schwarzen Gesicht und in seinen weichen schwarzen Augen wie ein weinendes Kind, das geschlagen wurde und nicht weiß warum, oder wie es der qualvollen Misshandlung entrinnen könnte.« (Luxemburg, S. 40)

Das Leben leidenschaftlich lieben, ist das Leben aller Kreaturen lieben.

Nicht das Leben in der Abstraktion, sondern das ganz konkrete Leben der Menschen, die ich kenne um mich herum, das Leben meiner Mutter, meines Vaters, meiner Kinder, meiner Freundinnen und Freunde, der Menschen, die mir begegnen, das Kontinuum von Pflanzen zu Tieren zu Menschen.

Das Leben leidenschaftlich lieben, ist human leben.

Das Leben nicht zertrampeln, nicht wegwerfen; nicht wüten gegen Tiere und Kinder.

Das Leben leidenschaftlich lieben, ist human leben.

Clara McBride Hale eröffnet 68-jährig Hale House in Harlem für Babys von jungen drogenabhängigen Mädchen. Mit 64 wollte sie aufhören, Kinder zu betreuen, aber dann brachte ihr ihre Tochter, eine Ärztin, ein Baby mit Entzugssymptomen. »Innerhalb von zwei Monaten hatte ich 22 Babys. Mein Entschluss aufzuhören, bedeutete gar nichts. Gott hat mir immer mehr geschickt. Es sind jetzt schon über 600 Drogenbabys.« Ihr nächstes Projekt war ein Haus für Babys, die mit AIDS auf die Welt kommen. »Sie werden gemieden und es ist nicht ihre Schuld. Ich möchte, dass sie ein gutes Leben leben, solange sie können, und dass sie wissen, jemand liebt sie.« (Lanker, S. 55)

Das Leben eröffnet die Möglichkeit zur Liebe.

Clara McBride Hale bekam 1985 von Präsident Reagan die Auszeichnung »Amerikanische Heldin«. »Ich bin keine amerikanische Heldin«, sagte sie dazu, »ich bin ein Mensch, der Kinder liebt.«

Das Leben leidenschaftlich lieben, ist Gerechtigkeit verfolgen.

Alice Walker: »Ich habe Rosa Parks und Fanny Lou Hamer kennengelernt. Sie sind durch das Feuer der Erfahrung gegangen und sie sind daraus leuchtend und ganz hervorgegangen. In ihrer Gegenwart fühlt frau die Wärme ihres Glanzes. Sie sind wie Juwelen. Wir sind reich, weil wir diese Frauen haben; und damit meine ich nicht, dass nur Schwarze reich sind. Ich meine, wir Menschen sind reich, weil wir diese Frauen haben. Es ist so klar, dass wir jeden Menschen schätzen müssen. Das habe ich von den älteren schwarzen Frauen gelernt, dass jede Seele gehegt werden muss, dass jede Blume blühen muss. Das ist eine sehr andere Weltsicht als die, unter der wir dahinleben müssen, wo die Idee zählt, dass ich nur blühen kann, wenn ich deine Blume zertrete, die einzige Art, wie ich glühen kann, ist, dein Licht auszulöschen.« (Lanker, S. 24)

Das Leben leidenschaftlich lieben, ist Gerechtigkeit verfolgen.

Nicht eine abstrakte Gerechtigkeit, sondern Gerechtigkeit für die Menschen um mich herum, die in mein Leben treten, ein rechtes Leben für sie.

Das Leben leidenschaftlich lieben, ist Integrität bewahren.

Uns treu zu bleiben, uns nicht verändern zu lassen durch Erfolg, Institution, Politik, Modemeinungen, leichtzüngige Kritik.

Shirley Chisholm, erste Frau, die die Nominierung der demokratischen Partei für die Präsidentschaftswahl in den USA anstrebte, 1972: »Das war die schlimmste Wahlkampagne meines Lebens – ich wurde fast von Männern zerstört. Sie haben mich nie wegen meiner Kompetenz oder Artikulation angegriffen – es war immer ein Angriff auf Grund meines

Geschlechts. Ich war überrascht, besonders weil ich ja eine schwarze Frau war, die sich politisch bewiesen hatte. Ich erwartete Kritik von den Weißen. Aber von meiner eigenen Gruppe – das tat weh.
Ich habe viel mehr Diskriminierung als Frau in der Politik erfahren als als Schwarze. Wieso sollten schwarze Männer in irgendeiner Weise sich von weißen, braunen, rosa Männern unterscheiden? Sie sind alle Teil des männlichen Geschlechts, das so lange Zeit ihre vorgefassten Urteile über die Rolle von Frauen hatte.
Aber trotz allem ging ich 1972 zur Democratic Convention, tat, was zu tun war, und eröffnete die Möglichkeit für Frauen, überhaupt daran denken zu können, dass sie für die Präsidentschaft kandidieren könnten. Ich erhielt 158 Delegiertenstimmen; 16 Jahre später kam Jesse Jackson und er bekam über 1000 Stimmen.« (Lanker, S. 106)

Das Leben leidenschaftlich lieben, ist ein Engagement leben.

Unpopuläre, unorthodoxe, radikale Ideen zu wagen:
die radikale Idee, dass Frauen Menschen sind,
die radikale Idee, dass ein Frauenleben so viel wert ist wie das Leben eines Mannes,
die radikale Idee, dass Frauen die besseren Menschen sind.

Alice Walker: »Ich fühle mich sicher mit Frauen. Keine Frau hat mich je zusammengeschlagen. Keine Frau hat mir je auf der Straße Angst eingeflößt. Ich finde die Kultur, die Frauen in die Welt setzen, ist für alle sicherer. Sie setzen nicht Gewehre in die Welt, sie ermutigen niemanden zu schießen. Wenn du dein Leben schätzt, gleich ob du ein Mann oder eine Frau bist, und du hättest die Wahl, dann würdest du die Kultur wählen, die dich leben lässt, und nicht die Kultur, die dich umbringt.« (Lanker, S. 24)

Das Leben leidenschaftlich lieben, ist die Antwort auf den Tod.

FRAUEN lieben das Leben leidenschaftlich, sagt meine Freundin June, ohne einen Augenblick zu zögern. Männer sind nekrophil.

Das Leben leidenschaftlich lieben, ist die Antwort auf den Tod.

Alice Walker: »Ich könnte keine Separatistin sein, was Rassen angeht, und ich kann auch keine Separatistin sein, was die Geschlechter angeht. Solange wir beide hier sind, ist es ziemlich klar, dass unser Kampf darin besteht, uns in den Planeten zu teilen und nicht ihn aufzuteilen.« (Lanker, S. 24)

Die Liebe eröffnet die Möglichkeit zum Leben.

Das Leben leidenschaftlich lieben, ist ein Leben menschlich leben.

Das Leben leidenschaftlich lieben, ist die Antwort auf den Tod.

Literaturverzeichnis

Alpers, Else (1987): Clara Rilke-Westhoff und Rainer Maria Rilke. Fischerhude

Bachmann, Ingeborg (1983): Wir müssen wahre Sätze finden: Gespräche und Interviews, München

Berger, Renate (1982/1986): Malerinnen auf dem Weg ins 20. Jahrhundert: Kunstgeschichte als Sozialgeschichte, Köln

Berger, Renate (Hg.) (1987): »Und ich sehe nichts, nichts als die Malerei«: Autobiographische Texte von Künstlerinnen des 18. – 20. Jahrhunderts, Frankfurt

Bröhan, Margit (2001): Dora Hitz (1850 – 1924). In: Jürgs (Hg.) 2001

Busch, Günter/Lieselotte von Reinken (Hg.) (1979): Paula Modersohn-Becker: in Briefen und Tagebüchern, Frankfurt

Dizdarević, Zlatko (1993): Sarajevo: A War Journal, New York

Elias, Ruth (1988): Die Hoffnung erhielt mich am Leben, München

Frapan, Ilse (1899/1983): Wir Frauen haben kein Vaterland: Monologe einer Fledermaus, Berlin

Friedl, Edith (2005): Nie erlag ich seiner Persönlichkeit: Margarete Lihotzky und Adolf Loos – ein sozial- und kulturgeschichtlicher Vergleich, Wien

Greer, Germaine (1979/1981): Obstacle Race: The fortunes of women painters and their work, London

Hallie, Philip Paul (1994): Lest Innocent Blood Be Shed. New York

Jorek, Rita (2001): Elsa Asenijeff (1867 – 1941). In: Jürgs (Hg.) 2001

Jürgs, Britta (2001): Denn da ist nichts mehr, wie es die Natur gewollt. Portraits von Künstlerinnen und Schriftstellerinnen um 1900, Berlin

Không, Chân (1993): Learning True Love, Berkeley

Koonz, Claudia (1987): Mothers in the Fatherland: Women, the Family and Nazi Politics, London

Lanker, Brian (1989): I Dream a World:Portraits of Black Women who Changed America, New York

Levin, Gail (1998): Edward Hopper: An Intimate Biography, Berkeley

Rosa Luxemburg (2018): Letters from Prison, New York

Mair, Roswitha (1998): Von ihren Träumen sprach sie nie: Das Leben der Künstlerin Sophie Taeuber-Arp, Freiburg

Maltzan von, Maria, Gräfin (1986): Schlage die Trommel und fürchte dich nicht: Erinnerungen, Frankfurt

Marevna (1974): Life with the Painters of La Ruche, New York

Miller, Dana (2016): Carmen Herrera: Lines of Sight. Katalog zur Ausstellung, New Haven

Perry, Gillian (1979): Paula Modersohn-Becker: Her Life and Work, London

Reinken von, Liselotte (1983): Paula Modersohn-Becker, Reinbek

Rich, Adrienne (1978): Paula Becker to Clara Westhoff. In: Rich (1978)

Rich, Adrienne (1978): The Dream of a Common Language: Poems 1974 – 1977, New York

Salis von, Meta (1884): Unter neuen Fahnen. Thurgauer Zeitung 1884, Nrn. 81 ff.

Sauer, Marina (1986): Die Bildhauerin Clara Rilke-Westhoff 1887 – 1954: Leben und Werk, Bremen

Saxe, Cornelia (2001): Ida Boy-Ed (1852 – 1928). In: Jürgs (Hg.) 2001

Scheinhardt, Saliha (1983): Frauen, die sterben, ohne dass sie gelebt hätten, Berlin

Siebel, Johanna (1919): Das Leben von Frau Dr. Maria Heim-Vögtlin, der ersten Schweizer Ärztin, Zürich

Spitzmüller, Beate (2001): Julie Wolfthorn (1864 – 1944). In: Jürgs (Hg.) 2001

Stephan, Inge (1989): Begabte Frauen im Schatten berühmter Männer, Stuttgart

Stock, Wolf-Dietmar (Hg.) (1985): Paula Modersohn-Becker: Ein Buch der Freundschaft, Fischerhude

Stump, Doris (1988): Zugelassen und ausgegrenzt: Pionierinnen des Frauenstudiums an der Universität Zürich. In: Verein Feministische Wissenschaft Schweiz (Hg.) (1988), Zürich

Tanning, Dorothea (1986): Birthday, San Francisco

Trbuhović- Gjurić, Desanka (1983): Im Schatten Albert Einsteins, Bern

Verein Feministische Wissenschaft Schweiz (Hg.) (1988): Ebenso neu als kühn: 120 Jahre Frauenstudien an der Universität Zürich, Zürich

Whitrow, G.J. (1967): Einstein: The Man and His Achievement, New York

Wohltmann, Hans (1966): Worpswede, Worpswede

Nachwort – in zwei Teilen

Konstanz anno dazumal: In Zeiten von Senta Trömel-Plötz gab es an der Universität nur eine reguläre Professorin und die wenigen Wissenschaftlerinnen hatten es – selbst an einer Reformuniversität – schwer, auf eine Professur zu kommen. Und noch schwerer war es für feministische Wissenschaftlerinnen, die mit ihren Thesen und Theorien Machtstrukturen und Verhältnisse in der Forschung und in der Gesellschaft aufdeckten und hinterfragten. Die scientific community und Berufungskommissionen waren fest in Männerhand und so war es leider kein Wunder, dass engagierte, mutige und streitbare Wissenschaftlerinnen wie Senta Trömel-Plötz keine Professur in Deutschland bekamen. Dies hat sich glücklicherweise verbessert und wir haben heute interessante und engagierte Genderforscherinnen auf Professuren. Auch einige der Schülerinnen von Senta Trömel-Plötz konnten mit ihren Themen Lehrstühle ergattern. Aber alle Errungenschaften müssen wir immer wieder verteidigen, denn gerade in unseren Zeiten wird der Geschlechterforschung öfters wieder ihre Wissenschaftlichkeit abgesprochen und ihr Sinn und Zweck wird in Frage gestellt. Auch deshalb ist es wichtig, uns an unsere Pionierinnen und Vorbilder zu erinnern, sie zu würdigen und ihnen zu danken.

So sind wir auch 100 Jahre nach der Einführung des Frauenwahlrechts im Jahre 2019 noch weit entfernt von tatsächlicher Gleichstellung und Chancengleichheit im Hochschulbereich. Seit nun über dreißig Jahren engagieren sich die Konstanzerinnen für mehr Gendergerechtigkeit an der Universität, und neben Angeboten zum individuellen empowerment arbeiten wir weiterhin daran, Strukturen zu verändern und solche zu schaffen, die Frauen gute Startbedingungen für eine wissenschaftliche Karriere geben. Und wir wollen einen Kulturwandel in der Wissenschaft: die Haltung – die sich auch in der Sprache zeigt – ist entscheidend dafür, welche Normen und Werte herrschen und ob diese alle integrieren oder nur eine bestimmte Gruppe favorisieren. Wir gewähren daher Unterstützung für die bessere Vereinbarkeit von Studium, Wissenschaft oder Berufstätigkeit mit Familienaufgaben. Wir fördern Frauen auf ihrem Weg und machen Frauen sichtbar. Und dies tun wir auch mit der Förderung dieser Publikation: eine Wissenschaftlerin und eines ihrer Lebenswerke werden sichtbar gemacht.

Marion Woelki, Leiterin des Referats für Gleichstellung, Familienförderung und Diversity der Universität Konstanz

https://www.uni-konstanz.de/gleichstellungsreferat/

Anfang der 1980er-Jahre, in der Hochzeit des Feminismus, durfte ich bei Senta Trömel-Plötz an der Universität Konstanz studieren. Die Themen und die Herangehensweise in ihren Seminaren waren neu und bahnbrechend, aber Feministische Linguistik war karrierebrechend. Sie entsprach nicht den bis dato üblichen (männlichen) Themen und Ansätzen in der Linguistik. Senta Trömel-Plötz hatte nur eine Professur auf Zeit für vier Jahre. Damals haben wir unzählige Gespräche und Interviews in Fernsehdebatten transkribiert und das Gesprächsverhalten von Männern und Frauen analysiert und konnten so die herrschenden Machtstrukturen in der Kommunikation mit Daten, Zahlen und Fakten belegen. Die damit verbundene, kritisierte Vermengung von biologischem und grammatikalischem Geschlecht hat eine bis heute andauernde Debatte um das angeblich geschlechtsneutrale generische Maskulinum eingeleitet.

Von der Gesprächsanalyse in den 1980er-Jahren hat sich Senta Trömel-Plötz mittlerweile dem Gespräch als literarischer Form zugewandt. In einer poetischen Mischung aus Lyrik und biografischen Sequenzen, Originalzitaten aus Briefen, verbunden mit und erlebbar gemacht durch fiktive Ergänzungen und eigenes Erleben, lässt Trömel-Plötz in diesen Essays Mileva Einstein-Marić, Sophie Taeuber-Arp, Paula Modersohn-Becker und weitere Frauen vor unseren Augen lebendig werden und in einen Dialog treten. Sie lässt uns teilhaben an den Emotionen und den unerfüllten Wünschen der Frauen in der Wissenschaft, in der Kunst, in der Liebe. Durch diese Essays erhalten die Frauen eine eigene Biografie und ein eigenes Werk. Trömel-Plötz entreißt sie dem Vergessen und erhebt sie zu eigenständigen Persönlichkeiten, Künstlerinnen und Wissenschaftlerinnen.

Ich bin sehr froh und Senta Trömel-Plötz dankbar, dass sie unsere Einladung zu einer Lesereise zum Internationalen Frauentag 2017 angenommen und die Reise auf sich genommen hat. Für die Zuhörer*innen war die Begegnung mit ihr beeindruckend. Senta Trömel-Plötz hat uns einen wunderbar poetischen Blick auf Frauenschicksale geschenkt, sie so für uns vor dem Vergessenwerden bewahrt und sichtbar gemacht. Das Wiedersehen mit ihr war der Beginn dieses Buchprojekts.

Inés Eckerle, Beauftragte für Chancengleichheit und Mitarbeiterin im Referat für Gleichstellung, Familienförderung und Diversity der Universität Konstanz

https://www.uni-konstanz.de/chancengleichheit/

Die Publikation dieses Buches konnte durch die freundliche und finanzielle Unterstützung durch

- Prof. Dr. Gunda Georg, Department of Medicinal Chemistry, University of Minnesota, USA
- das Referat für Gleichstellung, Familienförderung und Diversity der Universität Konstanz,
- die Internationale Bodensee-Hochschule,
- sowie den Verein der Ehemaligen der Universität Konstanz

realisiert werden.

Ein herzlicher Dank für die Organisation der Lesereise im Frühjahr 2017, auf der die Idee zu diesem Buch entstand, und die weitere Organisation des Buchprojekts geht an Inés Eckerle.

Europäische Union

Europäischer Fonds für regionale Entwicklung

Schweizerische Eidgenossenschaft
Confédération suisse
Confederazione Svizzera
Confederaziun svizra

interreg
Alpenrhein | Bodensee | Hochrhein

IBK
Internationale Bodensee Konferenz

VIER LÄNDER REGION
BODENSEE

Internationale
Bodensee
Hochschule
AG Gender & Diversity

VEUK – Der Alumni-Verein
der Universität Konstanz

Für alle im Buch abgedruckten genehmigungspflichtigen Gedichte haben wir um Abdruckerlaubnis der jeweiligen Verlage ersucht und erhielten diese freundlcherweise für Gedichte von:

Luisa Famos: Luisa Famos, ich bin die Schwalbe von einst © 2004 Limmat Verlag, Zürich.

Juan Ramón Jiménez: Textauszug aus Patero und ich. Andalusische Elegie. Aus dem Spanischen und mit einem Essay von Fritz Vogelsang © Insel Verlag, Frankfurt am Main 1992.

Gottfried Benn: Aus Trunkene Flut: Ausgewählte Gedichte (4 Gedichte) und aus Apreslude Gedichte 1955. Klett-Cotta, Stuttgart.

Jorge Carrera Andrade: Biographie zum Gebrauch der Vögel. Auszug aus Rose aus Asche: Spanische und spanisch-amerikanische Lyrik seit 1900. Suhrkamp Verlag.

Rose Ausländer: Rose Ausländer. Gesammelte Werke 1984, hg. von Helmut Braun © S. FISCHER Verlag GmbH, Frankfurt am Main.

Chiyo-ni: Woman Haiku Master. Tuttle Publishing 1998, Tokyo.

Rafael Alberti: Aufforderung, Rose aus Asche: Spanische und spanisch-amerikanische Lyrik seit 1900. Hg. Palm. R. Piper und Co. Verlag, München 1958.

Xóchil A. Schütz: Auszüge aus: Windland Wolke. scaneg-Verlag, München 2012.

Bücher aus dem Christel Göttert Verlag

Birgitta M. Schulte: *Ich möchte die Welt hinreißen ...*
Ilse Langner 1899-1987
ISBN 978-3-922499-35-0

Marianne Flassbeck: *Gauklerin der Literatur*
Elizabeth von Arnim und der weibliche Humor
ISBN 978-3-922499-61-9

Anne Jüssen (Hg.in): *Nachts auf der Brücke*
Literatur zur Zeitgeschichte – Politeia 2000
ISBN 978-3-922499-48-0

Paula Meehan: *Die Dublin-Karte eines Kindes*
Gedichte in Deutsch u. Englisch
ISBN 978-3-922499-56-5

Sibylle Duda und Luise F. Pusch (Hg.innen):
Von Christiane Goethe bis Audrey Hepburn
21 Porträts von Brigitte Warkus
ISBN 978-3-922499-29-9

Eva-Gesine Wegner: *Bei den Steinen angekommen*
Als Bildhauerin im Dialog mit Camille Claudel
ISBN 978-3-922499-32-9

Dietlind Kinzelmann: *wildfüßig nach ninive – a passo selvaggio verso ninive*
ISBN 978-3-922499-99-2

Eveline Ratzel: *The BiG SiN – Die Lust zum Sündigen*
Mary Daly und ihr Werk
ISBN 978-3-939623-32-8

Annine van der Meer: *Die Sprache unsrer Ursprungs-Mutter MA*
Die Entwicklung des Frauenbildes in 40 000 Jahren
globaler »Venus«-Kunst
ISBN 978-3-939623-60-1

Agnes Barmettler, Rosmarie Schmid u. a.: *Erzähl mir Labyrinth*
Frauenkultur im öffentlichen Raum
20 Jahre Labyrinthplatz Zürich
ISBN 978-3-939623-35-5

Dagmar v. Garnier (Hg.in): *Buch der 1000 Frauen*
Das FRAUEN-GEDENK-LABYRINTH
Teil 1: ISBN 978-3-922499-45-9
Teil 2: ISBN 978-3-922499-54-1

Lena Vandrey: *Kochbilderbuch für weibliche Lebenskunst*
gemalt und erzählt
ISBN 978-3-922499-33-6

Mehr Infos über die Autorinnen und Bücher aus unseren Programmschwerpunkten Frauengeschichte/Frauenbiografien, Philosophie der Frauen, Matriarchatsforschung/Weibliches Wissen/Spiritualität, Frauenliteratur, Ratgeberinnen:

www.christel-goettert-verlag.de